《瓷语生辉》编委会名单

主　　编　　徐建新
副主编　　郑锦凤　赖碧清
编　　委　　（以笔画为序）
　　　　　　王淑贤　李晓愈　林志坚　林宝丽
　　　　　　林雯臻　郑素萍　赖爱梅　颜云月

瓷语生辉

徐建新 郑锦凤 主编

赖碧清 副主编

海峡出版发行集团
海峡文艺出版社

图书在版编目(CIP)数据

瓷语生辉/徐建新主编;郑锦凤,赖碧清副主编.
—福州:海峡文艺出版社,2024.3
ISBN 978-7-5550-3716-3

Ⅰ.①瓷… Ⅱ.①徐…②郑…③赖… Ⅲ.①诗集—中国—当代②散文集—中国—当代 Ⅳ.①I217.1

中国国家版本馆CIP数据核字(2024)第060434号

瓷语生辉

徐建新　主编　郑锦凤　赖碧清　副主编

出 版 人	林　滨
责任编辑	林　颖
出版发行	海峡文艺出版社
经　　销	福建新华发行(集团)有限责任公司
社　　址	福州市东水路76号14层
发 行 部	0591—87536797
印　　刷	福州力人彩印有限公司
厂　　址	福州市晋安区新店镇健康村西庄580号9栋
开　　本	720毫米×1010毫米　1/16
字　　数	285千字
印　　张	20
版　　次	2024年3月第1版
印　　次	2024年3月第1次印刷
书　　号	ISBN 978-7-5550-3716-3
定　　价	88.00元

如发现印装质量问题,请寄承印厂调换

灵魂与灵魂对话，德化诗配德化瓷

有一阶段，我喜欢瓷器，尤其喜欢青花、釉里红，粉彩也行。瓶、碗、盏等器物也钟爱，除此之外，工笔、写意的图形也会青睐。更喜欢柴火烧的作品，似乎多一份接近大自然的纯朴气息。

去年，泉州市教科院的汤向明院长，给我寄来了一本图书，他说，你一定喜欢。那是一本"诗配瓷"，一件件白瓷，一首首诗，确实甚是喜爱。瓷是我所爱，诗是我所爱，放在一起就更爱了。

瓷是泉州德化瓷，诗是德化一中学生创作的。泉州德化一中是一所百年老校，在校园文化建设、课程改革等方面做得很有特色，教育质量一流。不过德化一中的知名度与德化瓷的相比，却不在一个层面上。人们可以不知道德化的其他东西，但是一定知道德化瓷。特别是德化白瓷，白如凝脂，如玉一般，自古就闻名于世。

现在，德化一中把自己与德化瓷融合在一起，组织学生观摩、欣赏，领略其中的奥秘，体悟其中的文化，开发了课程。当下正处在新课程改革阶段，要求重视培养学生的核心素养与学科素养，审美鉴赏与创造，德化一中找到了突破口，借助德化瓷提升自己。

经过一个阶段的实践探索，学校形成了自己的做法、经验，师生从德化瓷中获得了许多独特的感受与感悟，这些感受与感悟就是一些充满情感的思想。他们找到了表达自己的形式：诗与散文，特别是诗，以诗的创作，开展与德化瓷大师对话，与大师作品对话，与大师作品蕴含的思想、理想、梦想对话，呈现了师生的情怀。

我被德化一中"诗配画"的特色所打动，他们的实践，是课程改革的实践，是跨学科主题学习的一个典型案例。很快我随泉州教科院何玉凤主任一起去调研考察学习，我们听课，感受"诗配画"的课堂精彩，美瓷、美诗，是如此自然地融合在一起，听课是一种美的欣赏、是一种美的享受，与我一直主张的诗性教育下的审美课堂相呼应，有许多共同点，我们共鸣了。

去年11月，在海南举办第十二届全国中学生校园诗会，汤院长竭力推荐德化一中参会。师生带着他们独特的诗《瓷海恋歌》——德化瓷配画诗，在诗会上亮相，大气磅礴的作品、体悟入微的朗诵，惊艳诗会现场。诗会最后一个环节，申办2024年诗会，德化一中的主管此项工作的徐建新副校长，激情满怀登台陈述申办理由，获得大家一致通过。

前几天，徐校长在微信上给我留言，他说："现将出版的《瓷语生辉》三审稿发过来，敬请您多多指导，还要拜托您写个序。3月底要交书，将作为教学成果奖申报的一个重要材料，还请您费心。"

通过教育成果奖的申办，对这项教育教学活动进行全面地梳理，是一件好事。得奖不得奖不重要，重要的是以此为契机，做一个提升，从感性到理性，并发扬光大，进一步推广。本书呈现了这样的特点：体现了新课程改革的精神，从狭义的课堂走向了社会，从单学科学习到综合性跨界学习，特别是创设德化瓷优秀作品现场的情景，理性与感性融合，进行诗与瓷的对话，是典型做法，意义不一般。

我喜欢瓷艺，曾面对喜欢的瓷器作品，想认真配一些诗，一直有想法，但一直没有做成，今天看到德化一中的"诗配瓷"，十分高兴，孩子们做了我想做而没有做的事，真好！学校请我为本书写序，我欣然接受，感谢大家对我的信任。

2024年3月16日

那一片土地的深情

——《瓷语生辉》序

出差上海，前天夜半收到建新老师短信，说德化一中要出版一本学生作品集，集子收录该校学生以德化瓷艺大师作品为题写的诗歌、散文，询我可否写个序。建新告知，书稿已过三审，这个月底就出版。我是第二天早上起床时才看到短信的，便给建新老师回了几个字"义不容辞"。

这是一个人对故乡、对母校起码的责任和态度。

不一会儿，建新老师把书稿电子版给我发了过来。手上工作一停下来，我就开始读这本《瓷语生辉》，300多码，图文并茂。有诗有文，有现代诗歌也有古体诗词，有简短的散文诗也有洋洋洒洒数千言的叙事文章，还间杂一两篇赋，文体丰富。图多是瓷雕作品，偶有大师创作照或学生采风的照片。大师作品有不少是我此前见过的，不少大师我也认识，即使不认识的也常听人提起过。通过这些照片，不管对德化熟不熟悉的人，亦能约略了解德化这个被誉为世界瓷都的小县城里生活的人们的品位和格调。

不能不说德化瓷。德化以瓷为生，也以瓷闻名。我对瓷有特殊感情，这同每一个德化人是一致的。甚至，有一段时间，我都想以瓷作为一个切入点，与丝绸和茶叶一起，重写中国史。大体的观点是，中国历史不是我们现在史书上所言，仅是一个封闭的农业国家，中国商业自古繁华，丝绸、瓷器、茶叶作为三大商品，曾在世界范围内广泛销售，给中国带来巨大财富。三大商品先后支撑起中国历史上的三个伟大朝代。汉唐辉煌，主要是丝绸贸易带来的财富筑就的；唐宋鼎盛，主要是依靠瓷器出口带来巨额利润的支撑；康乾盛世，不能不归功于茶叶赢得的大量贸易顺差。关于海上丝绸之路的兴起和陆上丝绸之路的衰落，我并不和大多数史学家持同样观点，认为是气候变化使河西走廊往西的环境变得十分恶劣，才导致海上丝绸之路的兴起。事实是，当时西方人已经偷走了中国的丝绸技术，开始在地中海沿岸大量种桑养蚕，新的以中国人掌握核心技术的商品——瓷器，迅速代替丝绸成为西方人追捧的奢侈品和日用品，大量瓷器出口。宋代，泉州港被誉为东方第一大港，其时，何止是东方第一大港，应是世界第一大港。商代就有陶瓷作坊生产陶瓷产品的德化县，也应时立上时代潮头。瓷器重，丝绸轻，骆驼或马匹可驼几箱丝绸，可驼不了几箱瓷器！靠骆驼和马匹作为主要交通工具的丝绸时代必然要结束，从而转向以船只作为主要运载工具，海上丝绸之路得以开辟。说海上丝绸之路，沿用的是"凿空"的精神，若要更准确地说，其实"海上瓷器之路"会更为妥帖。这是瓷，在历史上的地位的一点浮想。

中国人素来有商品意识，也很会做生意。在做瓷的生意上，中国人的智慧被展示得十分充分。刚刚从窑里烧制出来的一块碗，卖给老百姓是日用品，一文钱能够买好几个；卖给有钱人或者西亚人、西方人，大师们在碗上搞点造型搞点花色，就成了工艺品，没有几两银子买不下来；老百姓用的碗旧了，想换新的，中国人有个习俗，家里不用旧碗破碗，隔段时间就要换一下餐具，中国商人把这些旧碗破碗，换了个名字，叫文物，这可是一般人高攀不起了，非得用黄金来换不可的。

我读《瓷语生辉》，便产生了这一联想，把瓷艺大师的作品，通过文学的方式做出解读或者阐释，是不是也可以看作是中国人智慧新的应用和尝试？当然，这也是我的一个小幽默。让我肃然起敬的是，书中的这群德化一中的学生，有那份兴趣、有那种能力、有那腔热情，试图用语言解读这片土地，理解生长在这片土地上的人，阐释瓷艺大师的作品独特的价值。书中提及邱双炯大师，前几年我去拜访他，他跟我说正忙着做人生三十年规划。那年，大师年近90岁。我深深为大师的这种精神所感动！精神层次越高，艺术作品价值越大。早年，我和另一位大师柯宏荣聊过有关瓷雕的问题。德化一中的学生，正是早晨八九点钟的太阳，属于他们的人生刚刚开头，他们用笔触去描写生长在同一片土地上的长辈，所获必然甚多。这是他们成长过程中重要的一课，对他们校正人生目标、塑造人生价值意义重大。

闽南人传承着中国文化基因，这在语言里都能感受得到。比如，闽南话有一句"有影唔"，意思是问一个人说的事情靠不靠谱。其中很有学问。影是指身影，一个人想什么、说什么、做什么，每一句话、每一件事，都会让人看到他的影像。壶丘子林是道家高士，他告诉列子："子知持后，则可言持身矣。""持后"就是要注意自己的影子，是正还是歪，是直还是曲。只有时时处处为社会为国家着想，一个人才能真正立身处世，有所作为。闽南人经常把"有影唔"挂在嘴上，承继的是中国的传统文化、传统价值观。《瓷语生辉》留下的文字也好，瓷雕也好，都是一件作品，都是作者的人生之"影"。

每个时段的鸟鸣是不一样的。这个经验，早起的人都有。天刚蒙蒙亮，窗外林子里会传来一声两声鸟鸣，咕咕，有点孤独的样子。这个时间和空间，留给这只鸟的并不多。过一会儿，便有其他鸟应和着它。继而，更多的鸟，从声音你能听出来，那绝不止一个种类的鸟，汇入大合唱。这时，听那鸟鸣，便如听急雨，一片喧哗。太阳露出脸后，鸟儿逐渐散去，可能忙着上班或者觅食了，林子又渐渐地静了下来。大部分时间，我们只享受着那些鸟鸣，而不去在意哪一只鸟叫得好听，哪一只鸟叫得大声。当然，偶尔你也会好奇，想分辨出某种鸣唱的鸟是否为珍稀物种，那也是很有意思的事。同理，细读《瓷语生辉》，也能给你带来这种欣然之感。

是为序。

徐南鹏

2024.3.8 于上海

目 录

▶ 诗 歌

瓷仙子	陈敏慧 /	3
古道瓷韵	郑伊晨 /	4
忠于信仰	林　凌 /	5
济　公	梁秋萍 /	6
雪　途	陈巧非 /	7
我还在这里	陈巧非 /	8
世人道	陈雅婷 /	9
笑而不语	陈雅婷 /	10
高山流水	林彤颖 /	12
江南之盼	杨　艺 /	13
惠　女	陈雅萍 /	14
山　鬼	赖妍杰 /	15

舞　袖	罗思予 /	16
五子待云开	赖夏元 /	17
月下江南	黄瑞英 /	18
月与乐	林彤颖 /	19
渡　海	许莉鸣 /	20
活　着	赖志逸 /	22
念	连一嘉 /	23
江城子	林秋霞 /	24
蔡文姬	林夏弦 /	25
瓷　韵	周宝丽 /	26
雄风漫道	郑嘉鹏 /	27
白　样	林霞菲 /	28
赞　歌	陈怡宁 /	29
奔　月	林冰燕 /	30
玉玲珑梅瓶	甘子琳 /	31
朱　鸟	林　鑫 /	32
邀　月	郑思怡 /	33
乡　愁	黄智超 /	34
祥云托月	张依阳 /	35
雁　归	林雅珍 /	36
乡　愁	林雅珍 /	38

笑时犹带岭梅香	林雅珍 /	39
今 梦	苏塘以 /	40
清风明月	林建炜 /	41
踏雪寻梅	周嘉豪 /	42
白瓷咏	陈雨蝶 /	43
倾 城	李名坤 /	44
雀之灵	林燕玲 /	45
跨越千年的美丽	林孜凌 /	46
踏莎行·举杯追明月		
	张 扬 /	48
祥 瑞	查思思 /	49
瓷 棋	颜雅真 /	50
惠安女	苏 拉 /	51
无 觅	林 可 /	52
观音立荷度苍生	黄语涵 /	53
情海少女	林礼璋 /	54
辛稼轩	林意函 /	55
瓷 风	王佳颖 /	56
青 瓷	叶雅婷 /	57
寻山鬼	叶雅婷 /	58
岳 飞	方宝妮 /	59

百花篮	彭依萍	/ 60
你	赖志伟	/ 61
天　问	陈彦西	/ 62
瓷　悟	林默涵	/ 63
瓷叙关公	连颜坪	/ 64
凤鸣朝阳	黄玉龙	/ 65
渡　江	赖佳怡	/ 66
嫦　娥	彭语轩	/ 67
瓷　缘	赖婉欣	/ 68
鹏程万里	郑慧芳	/ 69
故　乡	徐明娇	/ 70
梦	林宏锦	/ 71
一方院	陈秉鑫	/ 72
雨霖铃·游园今梦	赖敏敏	/ 73
花语霓裳	王诗宇	/ 74
伴着阳光上北京	赖诗显	/ 75
太　白	郑伊晨	/ 77
屈　原	陈一丹	/ 78
花木兰	黄紫嫣	/ 79
青狮灈莲	蔡敏雯	/ 80

一醉千年·七古	卢明辉 /	81
瓷忆·辞意	廖文楷 /	83
月	连雨虹 /	84
彩	李黛昀 /	85
瓷新 瓷心 瓷兴	肖敏清 /	86
惊梦回想	黄语虹 /	88
白瓷愿景	苏小妍 /	89
清怨少女	林锦鸿 王子涵 /	90
祥云观音	温颖欣 /	91
梦舞素裳	陈 臻 /	92
咏 瓷	郑婉茹 /	93
瓷舞之韵	李小燕 /	94
喜上梅梢	涂季扬 /	95
穿越千里的白意	黄 婧 /	96
怀瓷攀峰	黄 婧 /	98
瓷 叹	林婉霞 /	99
遇见·瓷魂	张 铎 /	100
喜上梅梢	温颖欣 /	102

钗头凤·深宫牡丹

　　　　　　　　徐锦晟 / 103

亮　剑　　　　　赖蓂岑 / 104

唐　韵　　　　　肖敏清 / 105

瓷香如雪　　　　郑琬茹 / 106

梅妻鹤子　　　　陈伟圣 / 107

雪　原　　　　　陈思祺 / 108

豹　呓　　　　　陈思羽 / 109

四季争艳　　　　涂季扬 / 111

飞　天　　　　　苏楚钰 / 112

朱颜半隐绮罗香　曾洁瑜 / 113

蝉翼衣　　　　　李长晟 / 114

方寸海魂　　　　许明泽 / 115

聆听海的声音　　林慧怡 / 116

水穷处，登云巅　苏伟斌 / 118

无　我　　　　　肖学栋 / 119

琵琶语　　　　　陈　妍 / 120

北国之春　　　　陈施宇 / 121

万世师表　　　　涂竞芳 / 123

万世师表　　　　赖宇晴 / 124

山　鬼　　　　　赖芷珊 / 125

山　鬼　　　　　林牧玖 / 127

静默·浅笑　　　徐晨洋 / 128

巾帼英雄穆桂英　李振荣 / 130

篆　福　　　　　陈彦妃 / 131

牧羊女　　　　　张博铠 / 132

踏　春　　　　　黄陈垒 / 134

源　　　　　　　林睿泽 / 135

▶ 散　文

遇俏佳人　　　　陈珠莉 / 139

岁月失语，唯瓷能言

　　　　　　　　林　凌 / 141

瓷之魂　　　　　林宇翔 / 143

梦人间，唯遇师则幸

　　　　　　　　董怡楠 / 145

瓷韵生花，匠心永传

　　　　　　　　陈海欣 / 147

唯愿四海升平　　吴雅琴 / 149

遇　见　　　　　温佳怡 / 151

寻　瓷　　　　　张炜杰 / 154

美得诗意、土得掉渣的"猪油白"

　　　　　　　　施　佳 / 156

梦　遗　　　林　晗 / 158

古时圣人，今日匠人

　　　　　　　　陈吕萌 / 161

踏雪寻梅　　陈琚灵 / 163

勇敢的前行者　罗海澜 / 166

不失本色　　曾衍蓉 / 168

今人不见古时月，今月曾经照古人

　　　　　　　　林　静 / 170

痴　　　　　林天然 / 172

闲花落地听有声　曾艳君 / 175

翠色花开瓷扇上　查林赟 / 177

跨越千年的"重逢"

　　　　　　　　苏　拉 / 180

品陶风瓷韵，度素时锦年

　　　　　　　　肖天宇 / 183

"飞天"不止陶瓷

　　　　　　　　朱诗涛 / 187

百年芳华　　叶佳宸 / 189

瑕疵之美　　谢子昂 / 191

瓷之四季　　　　涂晓玲 / 193

蝶　恋　　　　　黄　婧 / 195

落子不悔，弈中前行

　　　　　　　　张　昊 / 198

瓶　　　　　　　黄　婧 / 200

神化轻举　　　　廖苏渝 / 203

她与鲸　　　　　涂晓玲 / 205

陶瓷的心跳　　　苏　拉 / 208

梅香如故，瓷语如是

　　　　　　　　张瑞荣 / 211

鼎　立　　　　　林家辉 / 213

乌　龙　　　　　陈思彤 / 215

追寻"中国白"的足迹

　　　　　　　　陈柏昌 / 218

纵观古今，他笑时仍风华正茂

　　　　　　　　张惠玲 / 220

素白·铜黄　　　林振槟 / 222

天　问　　　　　王嘉琳 / 224

神　叹　　　　　陈逸涵 / 226

惠女，美哉，巧哉

　　　　　　　　林丽飞 / 228

霜雪白　琼蕊浆　刘志钰 / 230

雕器雕物亦雕心　涂宇欣 / 231

新　生　赖子恒 / 233

瓷　心　陈小希 / 235

但愿人长久，千里共婵娟

　　　　　　　　王开楠 / 237

戏金蟾记　叶诗龙 / 241

王羲之与鹅　梁艳婷 / 243

瓷语英魂　曾　钰 / 245

瓷　赋　赖子兰 / 247

甘露赋　林琦桐 / 248

流水之思道瓷语　赖诗显 / 249

曲水流觞　张博铠 / 250

近　瓷　童梦娜 / 253

灵　鹿　陈鋆妮 / 255

戴云仙子瓷魂赋　卢明辉 / 257

地　藏　白如梦 / 259

瓷器上的《牡丹亭》

　　　　　　　　徐珊妮 / 263

龙女赋　叶诗龙 / 265

中国白，故乡魂　赖语蓁 / 266

白瓷恋	林润锦	/ 268
岁月失语，陶瓷有言		
	陈 妍	/ 270
孔明出征	林宇枫	/ 272
飒爽英姿五尺枪	甘晨玮	/ 274
飞龙在天	曾楚莹	/ 276
黄沙消散，我已亭亭		
	许子妍	/ 279
青白杯，宽窄口	林诺涵	/ 281
破 界	赖子恒	/ 283
大漠铸核盾 国防奠基石		
	林元甫	/ 285
问 瓷	欧阳何蕊	/ 287
瓷梦·国韵含香	陈思彤	/ 289
牡丹执迷	林茹芳	/ 292

后　记　　　　　　　　　／294

诗歌

瓷仙子

陈敏慧

肤如凝脂似美玉，貌比沉鱼兼落雁。
素色罗裳量体裁，婉兮清扬亭亭立。
　　惊为天上人，实乃土化形。
几捧瓷土几瓢水，几多刻具几细雕，
几载勾勒几成形，几经烈焰几精进，
　　难遇意中像，终得瓷中仙。
小巧玉瓶手中安，事事平安心中定。
玲珑如意手上柄，处处如意万事成。
　　瓷语瓷何语，瓷中寓佳意。
许许妙意其中伴，缕缕仙气四方盼。
赏意观美两相得，最是吾心好风景。

（指导老师：徐国文）

《平安·如意》/ 林明辉

林明辉
　　国家一级（高级）技师、福建省工艺美术大师、福建省陶瓷艺术大师、首届泉州市工艺美术大师，德化县嚞舜瓷艺研究所所长。

古道瓷韵

郑伊晨

千刀数刻勒红颜，一举一容古韵牵。
古卷前人窈窕影，薄瓷彩塑今朝还。
花容醉卧游园赏，颦笑半遮牡丹间。
烈火焚蚀瓷泪尽，冰肌傲骨叹千年。

（指导老师：梁紫源）

《贵妃醉酒》/邱双炯

邱双炯

　　高级工艺美术师、中国工艺美术大师、当代知名雕塑艺术家、德化县凤凰陶瓷雕塑研究所主人、德化县陶瓷文化研究会会长。

忠于信仰

林 凌

九尺豪英从不畏惧无回的宴席
遥想那赤壁的熊熊烈火
终是没能燃尽他炽热的心
撩起美髯
皱紧浓眉
提起偃月刀奔赴敌营的从容与坚定
每一步都深沉地踏进我的心中
真正的英雄能久经沙场
也会坐镇军营
哪怕只有手中的一柄刀刃
映出他眉目间的凌厉
也映出他原有的一腔热血
能说会道不是战将的本质

忠心与信仰才是他留下的答案
若要问什么令他迈进难回头的地狱烈火
他一定会在最后一刻转身说
是忠于信仰
即使在下一秒就毅然扎入深渊
他难再回头
也不会再回头
逆光下略显突兀的背影
在历史的古卷中烙下不可磨灭的印记
也在无数豪英中散播他最初的执念

（指导老师：梁紫源）

《器宇轩昂》/ 苏献忠

苏献忠
　　高级工艺美术师、国家一级（高级）技师、中国瓷都德化唯一百年老字号——"蕴玉瓷庄"第四代传人、中国陶瓷艺术大师、福建省工艺美术大师。

济 公

梁秋萍

酒肉为乐,逍遥视凡间

疯癫为名,慈悲救苍生

羡你潇洒一生,也敬你医者仁心

叹你似癫似狂,更服你列宗佛门

充满传奇的一生,真假早已不重要

苍生难解你癫狂,你依旧心怀慈悲

——入佛门不曾阻碍你热爱这个世界

人生不过几十年,及时行乐须及春

清规戒律虚为设,酒肉歌舞笑众人

我自缁衣入风尘,一腔热血护苍生

(指导老师:郑锦凤)

《百态济公》(四尊)/周德健

周德健

福建省工艺美术大师、福建省陶瓷艺术大师、全国轻工行业技术能手、福建省陶瓷行业技术能手、福建省金牌工人、泉州市非物质文化遗产项目传承人、永成瓷雕坊第二代传人。

雪 途

陈巧非

银粟飞，乘舟归。

归途长，路茫茫。

岸疏影，有暗香。

白胜雪，莹如月。

风过处，纷纷舞。

移舟近，声婉转。

乃喜鹊，立梅间。

良久望，天地宽。

（指导老师：郑锦凤）

《喜上梅梢》/周德健

周德健
　　福建省工艺美术大师、福建省陶瓷艺术大师、全国轻工行业技术能手、福建省陶瓷行业技术能手、福建省金牌工人、泉州市非物质文化遗产项目传承人、永成瓷雕坊第二代传人。

瓷语生辉

我还在这里

陈巧非

我站在这里
脚下那一片梅
如初见时一般

我站在这里
手中那一枝梅
就像那时一样

我站在这里

头顶那片天空
也似当年一般

我就站在这里
一如当年
看遍春花、秋月、夏蝉、冬雪
只待一人归

（指导老师：郑锦凤）

《踏雪寻梅》/ 刘铭志

刘铭志
　　福建省工艺美术名人、泉州市工艺美术大师、福建省陶瓷艺术大师、德化县铭记陶瓷研究所所长。

世人道

陈雅婷

昔日
世人皆道素雅好
我便抛开珠钗，独缀玉簪
世人皆道清丽好
我便舍去华服，着月白衫
世人皆道端庄好
我便弃了活泼，守礼持重
世人皆道玲珑好
我便去了刚直，面面俱到
世人皆顺心，唯我自迷惘

而今
世人却叹我
失了绮丽，丢了娇媚
少了伶俐，多了城府
我却笑世人
此事古难全
看不穿

（指导老师：郑锦凤）

《院》/ 苏献忠

苏献忠
　　高级工艺美术师、国家一级（高级）技师、中国陶瓷艺术大师、福建省工艺美术大师、中国瓷都德化唯一百年老字号——"蕴玉瓷庄"第四代传人。

笑而不语

陈雅婷

传说
五庄观的人参果能实现愿望
观音座下的童子笑着问
观音,那人参果真能实现愿望吗
观音微笑,沉默不语

之后,五庄观的果子在一夜间不翼而飞
树叶都被揪走了不少
原本浓密阴森的树秃了好久才养回来

传说
乌鸡国的乌鸡能实现愿望
观音座下的童子笑着问
观音,那乌鸡真能实现愿望吗
观音微笑,沉默不语

之后,乌鸡国的乌鸡一夜间没了影儿
连羽毛都没留下一根
国王暗暗纳闷
嗯,那段时间,很流行喝鸡汤

传说
花果山猴子的毛能实现愿望
观音座下的童子笑着问
观音,那猴毛真能实现愿望吗
观音微笑,沉默不语

之后,花果山的猴子一夜间不翼而飞
回来时,身上没有一根完好的毛

传说
白骨精的骨头能实现愿望
观音座下的童子笑着问
观音,那骨头真能实现愿望吗
观音微笑,沉默不语

之后,白虎岭里的妖精少了许多
活着的妖怪大多神志不清,疯疯癫癫的
没有一只白骨精

传说
蜘蛛精的丝能实现愿望
观音座下的童子笑着问
观音,那蛛丝真能实现愿望吗
观音微笑,沉默不语

之后，盘丝洞就空了
只看到一具没有腿的大蜈蚣尸体
没有一只蜘蛛精

传说
二郎神的天眼能实现愿望
观音座下的童子笑着问
观音，那天眼真能实现愿望吗
观音微笑，沉默不语

之后，某一天
二郎神一摸额头，看着自己的手
血流如缕

传说
千手观音的手能实现愿望
座下的童子笑着问
观音，您的手真能实现愿望吗
观音微笑，沉默不语

之后，观音的手消失了，脸也变得
　　虚无
但他依旧微笑，沉默不语
地上冒出了上千只手
将那人推入了深渊
那人惨叫着
之后又毫无声响
深渊合上了
无事发生

之后
依旧有很多传说
童子依旧问着观音传说真假
却不再笑了
观音微笑，沉默不语

（指导老师：郑锦凤）

《不可救赎》/ 张南章

张南章

　　福建省工艺美术大师，福建省陶瓷艺术大师，泉州工艺美术职业学院副教授、陶瓷艺术系主任。

瓷语生辉

高山流水

林彤颖

古窑云烟涌入了千年的岁月
前人满载的情怀乘着烈火归来
紫砂以其淳朴天然
绘高山之绵延
筑流水之荡漾

不问朝夕，只寻得琴声铮铮
当高山流水在无尽的煅烧中
浑然天成的无边光景潜入心里
不像梅子青，流酸泛绿惹人怜
不似象牙白，冰肌玉骨玲珑心
却也与醴陵五彩不同
反复堆叠而大肆渲染

它就静静地端坐着
让风尘刻画它质朴无私的样子
它招摇，无畏悲秋
它又是妥帖的
摒弃那一声声直通心灵的召唤
魂兮归来
饱满有力的窑啊
还它一个琴声依旧的梦吧

（指导老师：郑锦凤）

《高山流水》/ 陈德华

陈德华
　　国家一级（高级）技师、中级工艺美术师、福建省工艺美术大师、福建省陶瓷艺术大师。

江南之盼

杨 艺

当红叶覆盖了绿草

秋已经来到

潮湿的时光

湿润了我的心情

思念被点燃

燃烧了这躁动不安的心

是我们在桥上偶遇

还是我来此只为见你

（指导老师：郑锦凤）

《江南之盼》/李锦峰

李锦峰
　　国家一级（高级）技师、福建省陶瓷艺术大师、全国技术能手、摸泥世家陶瓷艺术研究所艺术总监。

惠 女

陈雅萍

你踏着湿润的黄土
向我走来
裸露的足
深深扎入土地
似你那
洁白无瑕的灵魂
柔嫩的肩
担起千斤之石
似你那
坚如磐石的心
那双纤细的手
攥着冰凉的铁索
紧紧箍着

粗壮的石块
似最柔软的波浪
磨软了最硬的棱角
你要去哪
我急切地追随
你却是笑而不答
留下
亭亭的背
和一个神话

（指导老师：林志坚）

《惠女风情》/ 陈明良

陈明良

中国工艺美术大师、中国陶瓷艺术大师、国家级非物质文化遗产项目德化瓷烧制技艺代表性传承人、享受国务院特殊津贴专家、德化县明玉陶瓷文化有限公司总设计师。

山 鬼

赖妍杰

在月下竹林，我第一次听见你的心悸

披着石兰，转过女萝芬芳

你眼里有万千星辰

星辰之上，是斩不断的相思情肠

乘上赤豹，折下香草芳馨

你肩上有徐徐微风

微风之下，是藏不住的百般心愁

雷填填，雨冥冥

是你在想我吗

风飒飒，木萧萧

是我在想你啊

年岁渐长，你芳华永驻

用千载光阴

等一个不会来的人

（指导老师：林志坚）

《九歌·山鬼》/ 柯宏荣　陈桂玉

柯宏荣
　　高级工艺美术大师、中国工艺美术大师、中国陶瓷艺术大师、福建省工艺美术大师。

陈桂玉
　　高级工艺美术师、中国陶瓷艺术大师、德化瓷坛青年雕塑艺术家、瓷雕工艺美术大师。

舞　袖

罗思予

清水出玉手，纤纤世无双。
一掷千般媚，烟霞从此醉。
迟迟折绮袖，离人不知岁。
南北双飞客，明月几时归。

（指导老师：林志坚）

邱玫瑰《水袖》

邱玫瑰

　　高级工艺美术师、福建省工艺美术大师、首届福建陶瓷艺术大师、福建省泉州工艺职业技术学院陶瓷艺术系副教授、中国陶瓷工业协会常务理事、福建省陶瓷工业协会常务理事、中国陶协女陶艺家协会副会长。

五子待云开

赖夏元

润釉如脂经细调，素坯似玉过重窑。
敞口善言句句好，环颈愿盼节节高。
耳带如意聆清曲，肚环祥云容雅教。
琴瑟和谐逾风吟，丝管齐鸣遏云霄。
待得拨云见日时，五方神通愿深交。

（指导老师：林志坚）

《日光》（金砖五国礼瓷）/陈明良

陈明良
　　中国工艺美术大师、中国陶瓷艺术大师、国家级非物质文化遗产项目德化瓷烧制技艺代表性传承人、享受国务院特殊津贴专家、德化县明玉陶瓷文化有限公司总设计师。

月下江南

黄瑞英

青砖黛瓦马头墙,小桥流水温柔乡。
夜半圆月寻倩影,不知谁家清笛扬。

(指导老师:童奕鹏)

《月下江南》/林政国

林政国
国家一级(高级)技师、福建省陶瓷艺术大师、泉州市工艺美术大师、德化县技术能手。

月与乐

林彤颖

当皎洁填满那一片水面
争流的百舸也在默默睡着
花露微溅
假你以乌鹊栖树自难眠
是什么，是什么
唤得那一狭舟无桨还自渡
邀得那江流水溶溶无处闲
无须浓妆艳抹仍持笑靥
泼你以釉浆
炙你以热火
用细腻与想象
在古今唱响的颂歌中呼唤
等待不论春秋冬夏
更迭只是历久经年
流霜在指尖徘徊绕缠
被每一寸肌肤牵动
那萧萧悲歌
是穿梭音孔和古弦的飞霰

那凄凄哀曲
是勾勒曾年与离人的纤尘
白云空悠悠
微澜潮生在水天一色中
悄悄沉淀
遥遥情思不在乎天各一方
浩渺与野马也倾诉人生无穷
你遥手一点
朝朝暮暮只待无人羡
扬州城年年复年年
鱼龙在水下舞蹈
菡萏在江上氤氲
一切都在风起云涌中穿越千年
尽是乘着三月的岁寒
而冰肌玉骨
自无欢无叹

（指导老师：童奕鹏）

《春江花月夜》／林彬彬

林彬彬
　　国家一级（高级）技师，师从中国陶瓷艺术大师苏献忠，2014年创办凝韵瓷阁陶瓷研究所。

渡 海

许莉鸣

千年的窑火
是黑暗中跳舞的光
在氤氲弥漫的尘土中
久久不息

远处波涛隐隐轰鸣
惊涛拍岸　电闪雷鸣
孤峰在哭泣　深林在战栗
忽然间
风拨开乌云
光争先恐后地钻出来
你踏着莲花
安详自若　低头凝思
万物和你一起陷入了寂静

黑暗走了
愤怒走了
你带着它们一起渡海
走过平湖烟雨岁月山河
风雨归你　苦难归你
天地在平稳地呼吸
阳光普照
花蕊遍地重生
青峰之上正是春天

温润晶莹　凝脂如玉
你从遥远的黑暗中褰裳涉水而来
越陌度阡　乘浪而行
渡过苦海

你屹立在这
守护着这块土地

将慈爱赠予生灵
你是一座灯塔
指引万物经历风雨
你在窑火中重生
对企图兴风作浪的外来者
坚定地宣告
东方之火是如此深厚如此猛烈
如此旺盛
永远绵延不息

（指导老师：郑素萍）

陶瓷艺术家　苏清河

苏清河

　　高级工艺美术师，中国工艺美术大师、中国陶瓷艺术大师、国家级非物质文化遗产项目德化瓷烧制技艺传承人、享受国务院特殊津贴专家。其创作作品被誉为当代"传世之宝"。

活 着

赖志逸

我穿梭在人海里
品味着世俗的新奇
偶尔也会想起
枝繁叶茂的曾经
可岁月已经等不及要将我侵蚀
留作泥土的回忆

我也有过蓁芃的曾经
现在岁月正催我老去
被腐蚀的叶面却依旧如花朵一般绚丽
我知道自己无法抵挡岁月的侵袭
但仍努力不让自己的腰杆弯曲
留下一粒种子那是希望的契机

我曾到过灯火阑珊处
也曾活在烟雨氤氲的青瓷瓶中
看过人生各不相同的悲欢离合
见证了相同的生老病死

我们在此相遇
灰尘的色调有着别样的艳丽
我们正在老去
我们也正在活下去

（指导老师：林燕清）

《生·活》/ 郑燕婷

郑燕婷
　　高级工艺美术师、高级技师、国礼大师、福建省工艺美术大师、福建省陶瓷艺术大师、宝源陶瓷研究所所长兼总工艺美术师。

念

连一嘉

素手轻挥衣袂微垂
曲曲柔韵油然而生
带着无尽愁绪与思念

雨打芭蕉风拂杨柳
寸寸相思
是在回忆着谁

循着绵长岁月
曾经嬉闹玩耍的喧嚣消逝不见

曾经踏遍的大街小巷风吹云散
曾经在暮云春树下听你拨动琴弦的人
早已天各一方

物是人非兵荒马乱
不过是红尘大梦一场荒唐

（指导老师：寇德应）

《忆江南》/ 苏华羽 曾巧霞

苏华羽
　　高级工艺美术师、国家一级（高级）技师、福建省工艺美术大师、福建省陶瓷艺术大师。

曾巧霞
　　福建省工艺美术大师。

江城子

林秋霞

柔云深处出清风,拂满园,黄莺喧。卧石听蝉,看遍芍药繁。应是落花埋团扇,蜂蝶闹,枕帕眠。

昔日繁盛今萧处,冷残酒,遗空院。一瞬芬芳,绚丽去匆匆。青丝落来情也空,船头倚,泪氤氲。

(指导老师:何娴)

《湘云眠芍》/ 苏桂竹

苏桂竹
国家一级(高级)技师、中华传统工艺美术大师、福建省工艺美术名人、泉州市工艺美术大师。

蔡文姬

林夏弦

有风

她的裙摆摇曳着

那透亮的玉佩

像她的眼睛般纯净

抱着琴

义无反顾

却也有

女儿柔情

行行白鹭

振翅远飞

从此以后

归路难寻

是你

文姬

（指导老师：何娴）

《蔡文姬》/ 苏桂竹

苏桂竹

　　国家一级（高级）技师、中华传统工艺美术大师、福建省工艺美术名人、泉州市工艺美术大师。

瓷 韵

周宝丽

携一米阳光的明亮
与你相遇
眼里只有那一抹
泥和火凝结的素白

轻轻地问
你来自何方
又将去往何地
每一回指尖上的起舞
每一个深情的回眸
都是深情款款的回答
——那跳跃的窑火遥远的故事

朦胧的背影
渺远的足音
唱和着丝绦的飘扬、驼铃的回响

——啊,素洁的瓷

你的韵像原野的篝火
像夜空里的繁星
还像碧荷生香
迎着千千万万个黎明
又送走万万千千个黄昏

我歌颂你
你的高雅素净
我赞美你
你的熠熠生辉
穿越千年的瓷
穿越千年的韵
——且让我为你悠悠地吟唱
那地老天荒的
感动

(指导老师:陈思琼)

《海上丝路》/朱芳芳

朱芳芳
福建省陶瓷艺术大师、高级工艺美术师、国家一级(高级)技师、福建省工艺美术大师、泉州市第三层次人才、泉州市技能大师、泉州市十佳工艺美术大师。

雄风漫道

郑嘉鹏

鸢飞临江山连绵,九曲回环行路艰。
携兵连破数千险,行军万里几未眠。
关刀一举雄狮现,孤身直入破万千。
断壁残垣烽火连,刀光剑影血染天。

（指导老师：童双攀）

《气宇轩昂》/ 郑建冰

郑建冰
  国家一级（高级）技师、福建省工艺美术大师、福建省陶瓷艺术大师、福建省轻工八闽工匠、福建省陶瓷艺术名人、全国陶瓷行业技术能手。

白　样

林霞菲

洗尽铅华

仍留你一冠不食人间烟火的白

不着浓墨淡雅

朴素无华

白衣如雪

从一而终

熬过岁月的冲刷

万物于你

皆降为尘

（指导老师：童双攀）

《坐蒲观音》/ 苏联旺

苏联旺
　　国家一级（高级）技师、全国陶瓷技术能手、福建省陶瓷艺术大师、国家级非物质文化遗产保护项目德化瓷烧制技艺代表性传承人、德化县联旺陶瓷研究所艺术总监。

赞 歌

陈怡宁

纯洁无瑕

弯月般的象牙

栩栩如生

似千军万马

精雕细琢

是智慧的赞歌

马踏凌空

云霞般梦幻

怀古悲歌

忆无数英雄

旌旗舞动

是无畏的赞歌

荒草土地

天穹般的空虚

蹄声阵阵

似惊涛骇浪

由远及近

是奋勇的赞歌

陌路前方

黑夜般的迷茫

马尾飞扬

像蝴蝶翅膀

旭日冉冉

是未来的赞歌

（指导老师：童双攀）

《中国梦》/ 林建全

林建全
　　高级工艺美术师、福建省工艺美术大师、德化县富东陶瓷工艺有限公司董事长兼艺术总监。

奔 月

林冰燕

身朝明月月朝野，君亲不顾多情灭。
踏云登风玉履开，九天拂月孤影斜。

（指导老师：林金仕）

《嫦娥奔月》/ 郑雄彭

郑雄彭
　　国家一级(高级)技师、高级工艺美术师、全国"五一劳动奖章"获得者、全国轻工技术能手、全国优秀共青团员、全国乡村青年民间工艺大师、福建省级非物质文化遗产项目德化瓷烧制技艺代表性传承人、福建省技能大师工作室领办人、福建省工艺美术大师、福建省陶瓷艺术大师、福建省技术能手、泉州市技能大师、泉州市优秀高技能人才、泉州市十佳工艺美术师、德化县飞天陶瓷艺术研究所艺术总监。

玉玲珑梅瓶

甘子琳

白瓷静立堂，绿意犹生凉。
小口盛遐想，短颈蕴悠扬。
娇艳生国色，清逸衬芭蕉。
恍见扑蝶钗，疑现伏憩鹿。
瓷坯雕于手，泥花开满地。
不求瓶中露，但乞雪中梅。
名惊金砖会，声震远洋国。
虽已传颂扬，愿望远流长。

（指导老师：颜缤纷）

《玉玲珑梅瓶》/ 陈明华

陈明华
　　中国国礼设计大师、中国民间工艺大师、中国陶瓷艺术大师、德化明华陶瓷艺术研究所所长。

朱 鸟

林 鑫

初见朱鸟尊，无物堪比伦。
涅槃立花簇，身披金白裙。
万头攒动处，唯其态从容。
处事不惊怵，犹如华夏人。
睹物时过半，回神为惊容。
原非朱鸟舞，只叹艺惊人。
朝朝又向阳，化作民族魂。
瓷土虽方寸，方寸有乾坤。

（指导老师：寇德应）

《孔雀开屏》/ 郑少伟

郑少伟
　　中国陶瓷设计艺术大师、福建省工艺美术大师、福建省陶瓷艺术大师。

邀 月

郑思怡

黑云卷卷
你执一柄利剑
身佩一朵青莲
长风破浪
直上九重云霄天

紫烟袅袅
你赏三千飞流
在银河深处漫游
轻划孤舟
天子呼来也不上船

平林漠漠
你品一带伤心碧

观蜀道之艰难
梦游天姥
登上了青云梯

流萤点点
你举杯邀月
醉卧一方青石
手摘星辰
魂飞入苍穹

（指导老师：林宝丽）

《邀月》/ 彭成雄

彭成雄
　　国家一级（高级）技师、全国陶瓷行业技术能手、福建省陶瓷艺术大师、福建省金牌工人、福建省雕塑艺术大师、福建省陶瓷数字化设计名师、泉州市工艺美术大师、福建省德化永学陶瓷有限公司艺术总监。

乡 愁

黄智超

明月微光冷，碎风细水长。
飞花泣飘离，哀鸟苦自伤。
轻语问乡在，垂发低不答。
抚作琵琶曲，声声凄断肠。

（指导老师：林宝丽）

《乡愁》/冯美莲

冯美莲
　　国家一级（高级）技师、高级工艺美术师、中国陶瓷艺术家、福建省工艺美术大师、福建省陶瓷艺术名人、泉州市高层次人才、福建省陶瓷行业技术能手。

祥云托月

张依阳

独步觅瓷

觅得一抔土

心中自有一幅瑰丽图像浮现

几多期许　几多向往

工匠手上动作愈发轻巧

与谁共舞

两位面容素丽的女子

裙带飘逸　翩跹欲去

朝着望舒的方向漫步

只余身后缕缕岚烟

三生有幸

得以琵琶和笛音

一管碧箫清越

一柄檀木空灵

四厢花影

碎月潜行其间

衬得舞女发间的花　轻薄

愈加娇美

五蕴皆空

星光澄阔闪烁云端

汹涌的浪花定格在这一刻

四下归宁

六朝如梦

星霜荏苒　镜流缥烟

乐声渐远　舞姿盈动

不知是工匠的一声叹息

还是我在此间的一个梦

（指导老师：林宝丽）

《祥云托月》/ 周崇邓

周崇邓
　　国家一级（高级）技师、福建省工艺美术大师、福建省雕刻艺术大师、泉州市工艺美术大师、德化县立丰陶瓷有限公司艺术总监。

雁 归

林雅珍

千年的记忆在尘泥中沉淀积累

我在烈火中如期将你接回

未将誓言违背

许久不见

甚是想念

我是自北南渡的老雁

无意落在了你身边

你说你叫王嫱

我也有意记你

那时你貌比蔷薇

后来我徘徊了很久没有向前

原来蔷薇也会被忽略

你栽在宫廷墙闱

有意远赴天边

你说你叫昭君

我却无意见你

风卷铃动,泪湿了眼帘

马车行了很远很远

你在无人听见的夜里呢喃家园

如果我年轻力壮

是不是就可以载你进入梦间

只是时光不复从前

我是自北南渡的老雁

回不去中原

哪里得见蔷薇

寒意冽冽

那天我失了力气坠入尘泥之间

琵琶铮铮

即使闭眼我也未将你忘却

你姓王名嫱,貌比蔷薇

你想念中原,我陪你很远

愿神明听见,我将你接回

你还会记得我吗,南渡的老雁

等硝烟尽散,等盛世平安

下次遇见,道声许久不见

别过了,北渡的落雁

(指导老师:林宝丽)

《落雁》/卢美彬

卢美彬
　　国家一级（高级）技师、高级工艺美术师、中华传统工艺大师、福建省工艺美术名人、福建省陶瓷艺术大师、高级讲师。

瓷语生辉

乡 愁

林雅珍

氤氲人间烟火
遥映了那抹璧白
于是我终于想起
何是故乡
故乡是一曲绵长
余音绕了心梁
是三两声未息之时
悄然而起的念想
是摸得着的琵琶
是触不着的远方

故乡是眸心荡漾
春水不及的波光

是细月用轻纱笼了四方
笼了我,也笼了故乡
故乡是低头,是仰望
是梦里不知身是客的画舫
是千百个无眠时走过的回廊
是石入湖泊转瞬即逝的轻响
是风起云涌无止无休的骇浪
亦是此间白瓷流转,恍了双眼的微光

(指导老师:林宝丽)

《乡愁》/冯美莲

冯美莲
　　国家一级(高级)技师、高级工艺美术师,中国陶瓷艺术家、福建省工艺美术大师、福建省陶瓷艺术名人、泉州市高层次人才、福建省陶瓷行业技术能手。

笑时犹带岭梅香

林雅珍

岭上白玉雕琢早

梅染其间俏

香探西窗

欲扰纱橱

却笑

笑时犹带岭梅香

欲争芳菲却不好

天琢不比容颜娇

玉带薄纱飘

绛唇身窈窕

昔人貌比今花俏

心事却潦草

（指导老师：林宝丽）

《梅开五福》/ 徐宝敬

徐宝敬

　　号浔西山人，泉州市工艺美术大师，德化县非物质文化遗产传承人。

今 梦

苏塘以

永昼长，吹梦无踪，无意言酒醒。闻钗摇，摇念当时相有意，不敢取，折落一枝梅。

低眉梅柳相辉映，粉绿莹盈，粉绿霖霖，瓣瓣心心。相思不露，原来相思已入骨。

若还秋千巷陌处，绮筵不管金樽倒，月也妒。

（指导老师：颜云月）

《游园今梦》/邱玫瑰

邱玫瑰

　　高级工艺美术师、福建省工艺美术大师、首届福建陶瓷艺术大师、福建省泉州工艺职业技术学院陶瓷艺术系副教授、中国陶瓷工业协会常务理事、福建省陶瓷工业协会常务理事、中国陶协女陶艺家协会副会长。

清风明月

林建炜

独坐西丘,红枝盈香漫衣袖。轻倚青石,绿虫低鸣扰心头。何以春色共消愁?促弦起舞,人与琴色争独秀。

与君酌,对饮闲谈不可休!凉风起,空思半日月当空。意渐浓,意渐浓,轻摇小扇解心忧。梦回深巷小园亭台中。

(指导老师:颜云月)

《荷塘月色·吹笛》/陈建阳

陈建阳
　　国家一级(高级)技师、高级工艺美术师、德化县优秀青年人才、福建省首届闽派雕刻艺术大师。

踏雪寻梅

周嘉豪

林间踏雪雪初消,枝上寻梅梅却寥。
满树清香应最爱,诗情纵引抵凌霄。

(指导老师:郑锦凤)

《踏雪寻梅》/ 林明辉

林明辉
　　国家一级(高级)技师、福建省工艺美术大师、福建省陶瓷艺术大师、首届泉州市工艺美术大师,德化县爵舜瓷艺研究所所长。

白瓷咏

陈雨蝶

千年传承的你
蕴有千年的沉淀
当我第一次与你相见
就掀起爱念的思潮

我怎能不想
长久来你的嬗变
从粗塑到精雕
从劣陋驳杂到玉润珠圆
你的身上没有时间的脚印
但光阴的流河润化你柔美貌

我怎能不想
流年里无穷已的人

对你的代代似同的慕恋
从远隋到今世
从堂皇宫阙到素朴小家
你的白洁是晦夜中的皎月
救赎迢迢行路里所有的黑冥

在我遇见你的一瞬
千年就已逝去
我痴立瓷都的一隅
澎湃地咏叹你的绝伦

（指导老师：徐国文）

《龙女牧羊》/ 苏辉文

苏辉文
　　国家一级（高级）技师、泉州传统工艺优秀青年传承人、福建省陶瓷技术能手。

倾 城

李名坤

素瓷慧笔点绛唇，薄衣轻倚欲沉沦。
眉目倾城艳皎月，蝼首绝色映孤魂。
云鬟朱颜本祸水，何为默言噤寒声？
焦火焚蚀出深窑，应为泥沙确非人。

（指导老师：徐国文）

《倾城》／苏福良

苏福良
　　国家一级（高级）技师、高级工艺美术师、福建省陶瓷艺术大师。

雀之灵

林燕玲

是黯淡无光的角落
你高高地曲折手臂
翥凤翔鸾，飞燕游龙
不比你自有一番高贵恣意

纤弱柔软的双臂急剧颤动
泛起层层涟漪
时而行云流水，时而疾风骤雨
那柔中带刚的矫健却是亘古不变

朦胧间
看见一只孔雀舞动

她拥有世间最缱绻的飞虹羽
她秉持俗世最高傲的凌云志
恍惚间
又闻到山明水秀的自由

繁华落尽，曲终人散
只剩流年碎影辗转你的胸怀
隐晦的光照亮了这浮世一隅
是雀之灵

（指导老师：赖爱梅）

《雀之灵》／林雪丽

林雪丽
　　国家一级（高级）技师、高级工艺美术师、全国陶瓷行业技术能手、福建省工艺美术大师。

跨越千年的美丽

林孜凌

暗淡轻黄体性柔

情疏迹远只香留

一腔柔情似水

一身傲骨铮铮

你是千古第一奇女子

何须浅碧深红色

腹有诗书气自华

半身清冷萦骨

半身书香袭人

你是天上人间此一人

只叹

倾世才貌　难逃重重锁链加身

应怜

千古诗名　不却层层荆棘缠绕

可纵陷濯淖污泥中

你自是冰洁金玉质

于万丈深渊里坚守

于无所希望中自救

锁链缠身

就用锐气挣断枷锁

荆棘满路

就用傲骨斩断桎梏

寻寻觅觅

你在那暗无天日里

目光跨越千年

终于与我们相遇

蓦然回首

我在那灯火阑珊处

见你静默无言

站成了一尊乱世中的美神

（指导老师：陈敬伦）

《李清照》/陈丽玲

陈丽玲
　　国家一级（高级）技师、高级工艺美术师、泉州市非物质文化遗产传承人、福建省陶瓷艺术大师。

踏莎行·举杯追明月

张 扬

顾兔藏身，重霄墨溅，亭台水榭昏昏见。阴风兴尽褪花颜，忡忡愁起千家怨。

绿蚁点点，壶觞醉月，青云不坠鸿鹄愿。九江清酒汇豪肠，今朝气宇明朝剑。

（指导老师：陈敬伦）

《举杯邀明月》/ 郑雄彭

郑雄彭
　　国家一级（高级）技师、高级工艺美术师、全国"五一劳动奖章"获得者、全国轻工技术能手。

祥 瑞

查思思

童子乘羊瑞吉祥,手持如意喜安康。

身着白衣游五湖,心展草木映春光。

添一抹青山葱绿,赞百里江山多娇。

喜万民如登春台,歌九州盛世繁华。

(指导老师:童奕鹏)

《吉祥如意》/陈艺辉

陈艺辉
　　福建省工艺美术名人,福建省雕塑艺术大师,福建省轻工技术能手。

瓷　棋

颜雅真

千古棋局多变化，一来一往少言语。

起落之间瓷声动，恰似楚汉击战鼓。

举棋不定陷困境，运筹帷幄破残局。

一着不慎满盘输，未雨绸缪操胜券。

（指导老师：赖碧清）

《楚河汉界》/ 张祥琦

张祥琦
　　国家一级（高级）技师、全国陶瓷行业技术能手、福建省工艺美术大师。

惠安女

苏 拉

你停在海边
斜襟衫袖口绣着百越人崇拜的蝴蝶
你把头巾的一角轻轻衔在嘴间
银饰上点缀着真情、火与血
洞箫与琵琶的鸣和在书生的笔墨里
缠绵了一万年
海边的日照不比高原的温情
为了避免皮肤被风与光戳破
你戴上了头巾与斗笠
季风总能提前捎来远方的信息
你的指缝间流淌下湿润的雨季
鬣狗般肆虐的时光里
你用渔网网住成群的游鱼
故乡是你们脚下流动的金
于是海边的篝火旁
诞生了文明

你说阳光就是
有人在淋着雨爱你
有时深夜的港湾也会下雨
蓝色的雨水潜入你的梦境
打碎月亮在水中的复制品
梦里，你乘一叶扁舟
顺应海洋心跳的节拍
田螺姑娘的居所、鲛人美女的泪珠
祖辈的歌谣在种子落下前就已响起
冰与铁的国度里
你是唯一的潮汐
流星坠落的碱滩与礁岸边
美人的双眼比故事更令人向往、留恋
你说过，凡你醉处，皆非他乡
你们奔流而过的地方，就是海洋

（指导老师：赖碧清）

《惠女风情》/ 刘铭志

刘铭志
　　高级工艺美术师、福建省金牌工人、泉州市非物质文化遗产代表性传承人。

无 觅

林 可

轻挑琴丝

幽音空响

潇湘泪染竹

何人闻这一曲情

已是秋雨缠绵

那惊风却尽述

往昔之忆

无言独坐青阶

欲奏那一曲春光

手中却这般凄凉

觅,何处觅

觅得这彼岸花已如血般烂漫

此觅

已无意

唯抚琴静思

独忆奏琴人

恍然梦醒回首

灯火阑珊之处

却无人相看泪眼

(指导老师:赖碧清)

《高山流水觅知音》/杨德宝

杨德宝
　　福建省陶瓷艺术大师、福建省工艺美术名人、全国陶瓷行业技术能手。

观音立荷度苍生

黄语涵

泱泱大国
中华文化沉蕴博远
瓷
纯净温润
一盏孤灯一方桌
一尊泥像一刮刀
入窑一色
出窑万彩
淬炼于火
青者若蓝天
月白若美玉

色彩焕丽
净瓶杨柳手中持
施善为解人间愁
柳尖净露悠然滴
普度苍生雨滋润
一瓷一语
润物无声
育人无痕

（指导老师：林雯臻）

《立荷观音》/ 林禄扬

林禄扬
　　福建省工艺美术大师、福建省陶瓷艺术大师、国家级非物质遗产项目德化窑烧制技艺省级代表性传承人。

情海少女

林礼璋

浪花为桨

落叶为舟

情海少女漂泊

情海辽阔

风波汹涌

为何张望不休

所望为何

所思何物

却道所念隔海

(指导老师:林雯臻)

《漂洋过海》/ 王代丁

王代丁
　　国家一级(高级)技师、全国轻工技术能手、福建省陶瓷艺术大师。

辛稼轩

林意函

在郁孤台的另一边
隔着悠悠江水
我望见你镌刻历史的脸庞
仿佛夕阳在起伏的海面上闪现
你憔悴的容颜泪光闪闪
眼中涌动着金戈铁马的豪情

谈及你慌乱的一生
是金戈铁马
悲歌未彻
是眼前万里江山
归来华发苍颜
是少年不识愁滋味
又见青山多妩媚

（指导老师：林雯臻）

《辛弃疾》/ 郑金星

郑金星
  国家高级工艺美术师、国家一级（高级）技师、中国传统工艺美术大师。

瓷　风

王佳颖

当传统邂逅现代

瓷风盎然

瓷都风华

流转在素素衣袖间

大国文明

摇曳在皎皎瓷光中

耳边仿佛响起

横跨千年的古音

丝绸之路，新帆昂扬

五国之交，竹节高攀

于尘世浮华内

藏一缕悠长瓷风

（指导老师：林小英）

《日光》/ 陈明良

陈明良
　　中国工艺美术大师、中国陶瓷艺术大师、国家非物质文化遗产德化瓷烧制技艺省级代表性传承人。

青 瓷

叶雅婷

瓷光流转
一抹灵动的、鲜活的、蓬勃的青
流淌于莹润的釉质中
莹于历久弥新色
润于水云天上雾

如三月江南的细柳画桥
与朦胧而生的烟雨的灵气
摇曳中盎然恣意

青
青得丰盈
青得鲜妍
自久远而今的时光将它酝酿
酿得久了,深了,醉了
酿得破了,缺了,旧了

但它依旧静静伫立
伫立着,任凭岁月
摩挲它的纹理
残破它的身躯
伫立着,垂眸抚慰
世间的愁情
轻轻盛满诗意

青
青得沉稳
青得娴静

(指导老师:林小英)

唐·青瓷残片

瓷语生辉

寻山鬼

叶雅婷

山鬼嘘,我在寻找山鬼
卧在林间泉缝外的石头上
侧耳听山的声音,汨汨的水声
掩不住你车上杜衡飞舞的风响
裙裾蹁跹引我前往
山鬼嘘,我在寻找山鬼
撩起藤蔓
翻越嶙峋垒石
猿啼藏不住你低低泣音
路险难兮岂能阻我前往
山鬼山鬼
雷填填轰鸣　雨冥冥昼晦
我好像寻到了你
独立兮山之上

云海茫茫翻卷身下
赤豹文狸蜷缩脚旁

我想见你
山鬼,我找到了山鬼
披薜荔带女萝,幽篁深处冰肌荧荧
既含睇又宜笑,却怨公子兮怅忘归
山鬼啊山鬼
山中人兮芳杜若
饮石泉采三秀
纠于千年之约,只待灵修回首
千年千年
燃于一窑焰火,淬就一身白瓷
爱与怨皆封在这
莹润的,脆弱的,美丽的身躯中
化为仰头的等候

（指导老师：林小英）

《山鬼》/王则坚

王则坚
雕塑艺术家、福建省工艺美术大师

岳 飞

方宝妮

怒发长啸吞山河,铁骑闻名散城阁。

雪耻好时旌旗摇,庆功宴前皇命昭。

醉案背天五日苦,尽忠报国却当诛!

西湖畔外热潮涌,世人皆晓为英豪。

注释:1.皇命昭:赵构下了十二道圣旨,呵令岳飞退兵。2.五日苦:岳飞斗胆抗旨五日只为了维护城中百姓,而周围的援军却做了鸟兽散。3.西湖畔:岳飞葬于西湖畔。

(指导老师:林小英)

《岳飞》/马心伯　杨东旸

杨东旸
　　福建省工艺美术师、德化三羊陶瓷研究所所长。
马心伯
　　教授、雕塑家、画家、中国工艺美术学会会员、中国工艺美术学会雕塑专业委员会委员、福建美术家协会会员。

诗歌　59

瓷语生辉

百花篮

彭依萍

在烟雨朦胧中

我小心翼翼地拨开历史的画卷

如果可以

我想要漫游进花的海洋

那里有百花齐放，争奇斗艳，惹人欣赏

如果可以

我想要追随花的芬芳

那里有百花纷芳，香飘十里，惹人陶醉

如果可以

我想要探寻花的色彩

那里有百花之色，姹紫嫣红，惹人忘返

百花篮，剔透玲珑，栩栩如生，美不胜收

其颜永驻

其神永在

其魂永存

（指导老师：潘丽梅）

《百花篮》/ 苏玉峰

苏玉峰
　　陶瓷艺术大师、福建省工艺美术大师、首批福建省省级非物质文化遗产项目传承人。

你

赖志伟

你双眼望着远方
望的是海峡的那岸
还是久别的故乡

你扶腰按剑
指挥若定逐荷夷
铮铮铁骨保卫着一方水土

你无意觅国姓
百战军功难自弃

只身台海挟春雷

晶莹的瓷塑你的忠贞
透亮的白摹你的肝胆
青葱的我敬你的高义

（指导老师：潘丽梅）

《郑成功》张祥琦

张祥琦
  国家一级（高级）技师、全国陶瓷行业技术能手、福建省陶瓷艺术大师。

瓷语生辉

天 问

陈彦西

天上的星光啊

一缕接一缕

何以都适于天时了呢

地上的山峦啊

一峰接一峰

何以都适于地利了呢

人间的友爱啊

一绺接一绺

何以都适于人和了呢

我们的王朝啊

一代接一代

何以都趋于永恒了呢

而当主公禅让时

把我贬下朝的

究竟是怎样的原因

是天时吗，不宜

是地利吗，不善

是人和吗，不臧

（指导老师：潘丽梅）

《天问》/ 赖礼同

赖礼同

中国工艺美术大师、中国陶瓷艺术大师，享受国务院特殊津贴专家、全国劳动模范、大世界吉尼斯纪录获得者、福建省德化县博古陶瓷研究所所长兼艺术总监。

瓷 悟

林默涵

历史长河之中
瓷揽一席之地
好似五音悦耳
余音袅袅，扣人心弦
正如深海沉寂
容纳百川，包罗万象
仿佛星辰闪烁
万里夜空，光彩夺目
瓷型惟妙惟肖
瓷韵生生不息

宫商角徵羽
金砖巧献礼
会讲故事的陶瓷
守正出奇
工匠精神怎能不续
文化结晶必得传承

（指导老师：潘丽梅）

《五音和鸣》/ 苏献忠

苏献忠
　　中国陶瓷艺术大师、高级工艺美术师、国家一级（高级）技师、中国瓷都德化唯一百年老字号——"蕴玉瓷庄"第四代传人、福建省工艺美术大师。

瓷叙关公

连颜坪

忠义为首千古颂，瓷艺一流万家崇。

烈火淬尽真颜色，刻刀纷飞塑铿锵。

白袍素甲风飘扬，绝影斗犀目放光。

青龙一舞翻红雾，神威抖擞鬼狼呼。

炯炯丹凤神自定，丝丝美髯气更清。

浩然正气乾坤撼，盛世瓷雕武圣安。

（指导老师：颜云月）

《关公》/ 郑雄伟

郑雄伟
　　高级工艺美术师、国家一级（高级）技师、福建省工艺美术大师、福建省陶瓷艺术大师、泉州市非物质文化遗产代表性传承人、合德堂陶瓷有限公司艺术总监。

凤鸣朝阳

黄玉龙

十刀百刻千万镂，始成繁花喜笑颜。

黄土红窑尘满面，终见雏凤鸣朝阳。

雏凤一鸣颂朝阳，千丝万缕暖春光；

雏凤再鸣赞工匠，以心就血凝瓷魂；

雏凤三鸣展未来，欣欣向荣圆梦想！

（指导老师：颜云月）

《凤鸣朝阳》/ 李秀丽

李秀丽
　　高级工艺美术师、国家一级（高级）技师、全国陶瓷行业技术能手、福建省工艺美术大师、福建省陶瓷艺术大师、福建省金牌工匠、德化星丽陶瓷研究所艺术总监。

渡 江

赖佳怡

一雕一塑
英雄的容颜在刻刀游走下依旧坚毅
一琢一磨
英雄的灵魂在烈焰灼烧中愈发耀眼
虽四季流转,时代更迭
一片冰心仍然洁白如玉、剔透无瑕
你听
这是穿越光阴的号角
是铿锵有力的宣言
巨浪之上,一帆小舟
承载着一腔热血报国之心
满船民族傲立之梦
于白瓷中窥见
当年英雄儿女的铮铮铁骨、豪情壮志
大国匠心,薪火相传
瓷韵不灭,英魂长存

（指导老师：颜云月）

《百万雄师过大江》/ 林建胜

林建胜
　　高级工艺美术师、高级技师、中国工艺美术大师、轻工"大国工匠"、全国技术能手、福建省陶瓷艺术大师、福建省非物质文化遗产（德化瓷烧制技艺）代表性传承人。

嫦　娥

彭语轩

银河翻涌星冷落
烟尘漫漫夜寂寥
玉兔捣药声绵延
桂枝摇曳影婆娑
素纤玉手轻捻飘零桂枝
青绿纱衣漫缀锦绣绸缎
金银珠链嵌剔透晶钻
乌黑长发着露水鲜花
天上一明月
月间一仙娥

千万年如一日
瓷坚不畏岁月蹉跎
色固不惧风雨萧瑟
匠心凝聚在瓷的光耀
技艺纷呈在瓷的罅隙
风吹过月上广寒宫
为匠人带来遥远的思念
用泥土向人间诉说神秘的来信

信里，你可曾后悔
你要用这亘古的寂寞
写就美丽的传说

（指导老师：郑锦凤）

《嫦娥》/林吉祥

林吉祥
　　国家一级（高级）技师、高级工艺美术师、福建省工艺美术大师、福建省陶瓷艺术大师、泉州市高层次人才、非物质文化遗产德化瓷烧制技艺传承人、德化县优秀青年人才、德化县劳动模范、德化县政协委员。

瓷　缘

赖婉欣

恰是浪漫的四月天
我走进另一处璀璨
细水长流，缘深缘浅
在我走近的每刻，便是缘
仅隔，那窗玻璃
近隔，几束暖光
尽隔，八道工序
人说：过手七十二，方可成器
我见着精细的头冠、飘带

婀娜翩跹，盈盈挂绮罗
原来，镶的是金，嵌的是精
瞻前顾后，流揩增妍，隋宫绛仙
艺术家的手里
姹紫嫣红开遍
何惧流年

（指导老师：郑锦凤）

《嫦娥》／林吉祥

林吉祥

国家一级（高级）技师、高级工艺美术师、福建省工艺美术大师、福建省陶瓷艺术大师、泉州市高层次人才、非物质文化遗产德化瓷烧制技艺传承人、德化县优秀青年人才、德化县劳动模范、德化县政协委员。

鹏程万里

郑慧芳

穿过薄薄的云雾
背负高高的青天
你越过历史长河
激起层层涟漪
荡漾着不老的歌

内心洁白无瑕
一抔泥土是你的筋骨
时光塑造着你的灵魂
永垂不朽的是你的功勋

你轻描淡写
提笔绘下一幅山河万里
云蒸霞蔚
起起落落的是我喧闹的心

（指导老师：郑锦凤）

《大展宏图》/苏友德

苏友德
　　高级工艺美术师、高级技师、福建省工艺美术大师、泉州市高层次人才、德化县苏清河艺瓷苑（原莹玉艺术陶瓷研究所）艺术总监。

故 乡

徐明娇

雪白的浪啊
请将我送去远方
带我回到许久不见的故乡
它在海峡的另一岸

枯黄的叶啊
请变回你原来的模样
不至于让秋日的风一吹
便改变了你的航向

我愿化作浪
这样便可借着海奔跑
我愿化作叶
这样便可随着风飘散

跑向我想去的远方
那是我久久不见的故乡
飘向我思念的家人
那是我远在异乡的牵绊

（指导老师：郑锦凤）

《春夏秋冬》/ 王代丁

王代丁
　　国家一级（高级）技师、全国轻工技术能手、福建省陶瓷艺术大师、福建省陶瓷行业技术能手、泉州市工艺美术大师，泉州市第四层次人才。

梦

林宏锦

你有一个梦

你在舞台上展现着你的舞姿

细长的手臂

传递着灵动

柔软的腰肢

舞出了不一样的天空

心中的萌芽正在不断激发

裙摆的花也听见了梦的召唤

竞相绽放

一个梦

使我们相遇

即使过了百年

你为梦而舞的样子

仍让人倾倒

（指导老师：郑锦凤）

《心存梦想》/ 林灵月

林灵月
　　福建省工艺美术大师、福建省陶瓷艺术大师、八闽工匠、全国技术能手、福建省劳动模范、泉州市非物质文化遗产项目德化瓷烧制技艺传承人。

一方院

陈秉鑫

半敞锦裳，淌下水袖纤纤

轻扶朱椅，小坐深巷庭院

松叶葳蕤，月下欹斜

娭光眇视，鬓角宝髻松松挽

念谁

小女翘首醉眼盼

或望

额上芊芊郁郁冉冉之梧桐

抑或

心思那日骑马斜倚春衫郎

（指导老师：郑素萍）

《出尘脱俗》/ 郑建忠

郑建忠
　　高级工艺美术师、福建省工艺美术大师、福建省陶瓷艺术大师、全国陶瓷技术能手、福建省青年五四奖章标兵、福建省青年岗位能手、泉州市五一劳动奖章、泉州市十大工艺美术大师。

雨霖铃·游园今梦

赖敏敏

壬寅年六月天，螳螂生，䴗始鸣，反舌无声。逢雨凝润，水色渐起。寻玫瑰青花白瓷，闻一曲《牡丹亭》，瞻望咨嗟，故作此诗。

沉烟抛绣，镜浮云鬓，姹娅芳有。仿佛轻云蔽月，何付与，良辰涸旧。似水流年美眷，梦汝言明就。却惊起、庭院深深，素帕相思予执柳。

今朝曲满拂盈袖，更那堪、万景春音遛！曾道此她游处？白脂玉，拥青花又。捻切柔情，应是、和风晚夜星宿。亦纵是、昔日陈敷，哪胜瓷中艺？

（指导老师：梁紫源）

《游园今梦》/ 邱玫瑰

邱玫瑰

高级工艺美术师、福建省工艺美术大师、首届福建陶瓷艺术大师、福建省泉州工艺职业技术学院陶瓷艺术系副教授、中国陶瓷工业协会常务理事、福建省陶瓷工业协会常务理事、中国陶协女陶艺家协会副会长。

花语霓裳

王诗宇

纤纤玉手惹花香,举手怅然遥相望。
不知思人在何方?徒留佳人空厮守。
不见官人泣涟涟,既见官人换笑颜。
待到檀郎凯旋归,霓裳羽衣生光辉。
窈窕红袖舞蹁跹,一曲惊鸿凝瓷面。
但见巧手绣艺瓷,其间悲欢谁能知?
忆故园繁花满枝,恨不能回少年时。
一袭霓裳听花语,满眼缤纷入梦宇。

(指导老师:苏燕萍)

《花语霓裳》/ 邱玫瑰

邱玫瑰
　　高级工艺美术师、福建省工艺美术大师、首届福建陶瓷艺术大师、福建省泉州工艺职业技术学院陶瓷艺术系副教授、中国陶瓷工业协会常务理事、福建省陶瓷工业协会常务理事、中国陶协女陶艺家协会副会长。

伴着阳光上北京

赖诗显

残夜还未散去，稀碎的星光眨了眨眼睛
苍穹之下薄薄的雾
披在库尔班大叔的肩上
小毛驴惬意地摇动尾巴

库尔班大叔慈爱地抚摸这个俏皮的孩子
"大叔这是去哪啊"
"毛主席在北京，我就去北京
我要和他共享新生活的硕果"
"早晨天凉"
"'土改'让大家伙生活好，早点去怎么着"
再清冷的夜，也挡不住大叔热忱的心了

毛驴吁吁，沙地行军，昂首挺胸
似有赤兔之感
大叔手执乐器，胡须微翘
似乎毛主席就在前方

土地改革给大叔新生活
那座房子哩，真是可爱
从今往后大叔有了温暖的家
不会睡在地主那冰冷的栅栏内

大叔在计划着他新获得十四亩耕地的未来

这里种小麦，那边种葡萄，最后种棉花
全都带给毛主席

毛驴哩，"土改"后所获的陪伴
可爱得像个小朋友
大叔要与他共度余生，和
他共享同样的生活与荣光

似乎他以后就会开口说话
"'土改'后的生活就是好"
思忖着，太阳已经高挂
阳光四射下，照出前方道路熠熠生辉
大叔昂首，似乎已经看到了北京

（指导教师：王淑贤）

《库尔班大叔上北京》/ 陈建阳

陈建阳

  国家一级（高级）技师、高级工艺美术师、德化县优秀青年人才、福建省首届闽派雕刻艺术大师。

太 白

郑伊晨

半世盛唐繁华尽,金樽美酒度年华。
纵马逍遥天地间,醉看山河吟烟霞。
举杯犹叹心茫然,执镜更愁鬓已斑。
身前抛却身后事,闲云浪子多痴言。

(指导老师:寇德应)

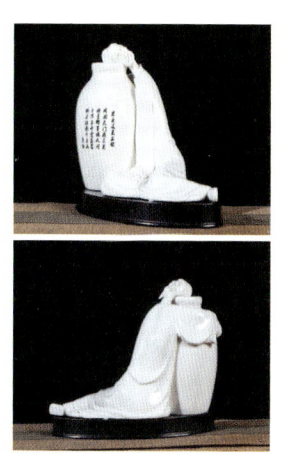

《李白醉酒》/赖开鑫

赖开鑫
　　福建省陶瓷艺术大师、全国轻工技术能手、福建省陶瓷技术能手、福建省金牌工人、泉州市工艺美术大师、德化觉语堂陶瓷艺术总监、德化职业中专学校雕塑教师。

屈 原

陈一丹

浩荡君心舍纫蕙，天赐蛾眉自孤芳。
野地无端国殇寄，半生开济血泪偿。
砂刻袍褶随怒风，剑出寒鞘破长空。
烟横日落遥昏昏，沅芷静待再度荣。

（指导老师：寇德应）

《屈原》/ 张明贵

张明贵

  高级工艺美术师、国家一级（高级）技师、福建省工艺美术大师、泉州五一劳动奖章获得者、泉州青年五四奖章获得者、德化非物质文化遗产项目瓷烧制技艺传承人、厦门城市职业学院客座教授、德化陶瓷艺术大师联盟副秘书长、德化县美术家协会副主席。

花木兰

黄紫嫣

替父从征
一腔孤勇
从未逊于儿郎
高举的旗帜是你心中不屈的信仰
望视战场
心中报国的理想
策马扬鞭
为国奋战的身躯
手握缰绳
奔驰疆场的模样
锋锐长剑出鞘在手
骏马矫健猎飘红绸

身不在,男儿列
心却比,男儿烈
世人道
巾帼不让须眉
红颜更胜儿郎
是如此
你不仅是替父从军
更是为自己而从军
你可对镜贴花黄
亦可铁甲披寒光

(指导老师:林宝丽)

《替父从军》/王冬燕

王冬燕
　　福建省工艺美术大师、福建省陶瓷艺术大师、全国轻工技术能手、福建省陶瓷行业技术能手、泉州市工艺美术大师。

青狮濯莲

蔡敏雯

素面仪容端柳腰，云游碧水轻衣漂。
狰目獠牙青狮舞，庄颜未改菡萏开。

（指导老师：林宝丽）

《文殊》/ 王祖掌

王祖掌
  国家一级（高级）技师、福建省工艺美术名人、福建省陶瓷艺术大师、泉州市工艺美术大师、泉州市高层次人才、泉州市金牌工人、瓷都工匠、福建省德化县玄韵陶瓷研究所艺术总监。

一醉千年·七古

卢明辉

未央宫，长安殿，开元大喜盛唐宴。
抿冰髓，展雍容，千杯不尽酒绵绵。
冷凝脂，生潮红，枕肱醉卧夜难眠。
微微醺，声声叹，美人如画泼墨染。
又把庙堂当行房，百媚回首帝王欢。
深闺春宵值几钱？许尔半壁赢姣颜。
宁负江山不负卿，寸刻相随犹无厌。
忆惜初成旧云烟，抚琴歌舞伴君前。
席卷乡野千骑连，南国荔枝惹含嫣。
亲谱霓裳赐金钿，华清池旁梅枝残。
天宝入，祸乱出，破碎社稷丧城都。
刀枪戮，卒边戍，临发眷念拥玉奴。
马嵬坡，凤仪落，九五圣上太真误。
为恋爱，为御军？魂殇怅惘慵桎梏。
一绝别花殒香消，浸龙袍任由哀啸。
可怜出身至尊家，神亡意败纵孤傲。
中华白璐新拓雕，名师钦刻艺彩陶。
琼瑶玲珑归妙手。细镂精掘化仙宝。
跃罢仟年匠心铸，瓷魂再现古韵浮。
有幸再睹贵妃艳，万世流芳风骚赋。

（指导老师：林燕清）

《贵妃醉酒》/ 徐才提

徐才提

　　高级工艺美术师、国家一级（高级）技师、中国传统工艺美术大师、国家级非物质文化遗产德化瓷烧制技艺代表性传承人、全国陶瓷技术能手、中国十大名窑创新者、重建汶川爱心大师、福建省工艺美术大师、福建省陶瓷艺术大师、福建省民间艺术家、中国陶瓷工业协会常务理事、中国工艺美术协会理事、福建省陶瓷艺术专业委员会副会长。

瓷忆·辞意

廖文楷

春雨缠碧柳，停云驿道，泪归尘土送征夫。

不知几度，镜里梳妆容。

亭台独立，繁花落尽人未归。

孤雁单还，悲信易家书。

黄沙埋骨，忠魂往生终不回。

情思如雪落无声，雪融有迹怎可忘。

然待家国平定日，无悔教夫觅封侯。

昨夜梦断泪流，再上亭台观，雨打无根浮萍。

过眼云烟，涓涓流水，渺渺涤尘……

（指导老师：林燕清）

《憧憬》兰全盛

兰全盛
　　国家一级（高级）技师、高级工艺美术师、福建省德化县立琦瓷艺研究所艺术总监、全国五一劳动奖章获得者。全国技术能手、全国陶瓷行业技术能手、中国传统工艺美术青年大师、福建省金牌工人、泉州市人大代表。

瓷语生辉

月

连雨虹

我轻轻地推开那扇古门
"吱呀"
皎皎的月儿闪着银色的清辉
在那屋顶的一角上不断穿行
在那斑驳的亮光中抚慰忧虑
簇簇的花儿缀着苍老的虬枝
在那屋檐的一沿上不断蔓延
在那飘零的沁香中摇曳宁静
纤纤的人儿咏着徘徊的思绪
在那屋下的院落中不断伫立
在那泛黄的夜晚中盛满月明
"吱呀"
于瓷人的巧手下诞生
于烈火的淬炼中诞生

（指导老师：林银英）

《月光曲》/杨德宝

杨德宝
　　福建省陶瓷艺术大师、福建省工艺美术名人、全国陶瓷行业技术能手。

彩

李黛昀

我是一抹蓝

在悠悠历史中沉积青雨烟云

纹青交错，釉光透亮

好一画黛色诗意

我是一抹蓝

青墨染妆

稠絮轻捻覆上

花醉饰意

脆响伴期柔情

瓷白绘雅

炫彩跳跃自由

这都是我，又不完全是我

我有一颗好奇心，但被泥土掩埋

世间繁华也无缘相见

数年后斑驳的我被发现

人们只看见我的华丽，却未见我的
　苦难

我经历炙火的考验

浓墨重彩的落笔

这才是我，完整的我

尽管缤纷，尽管憔悴

我亦是我

是这一抹夺目的蓝

（指导老师：林宝丽）

明代·德化青瓷·青花双狮戏球纹盘

瓷新　瓷心　瓷兴

肖敏清

推开沉重的大门
我怀揣着沉重的心叩问
出现在眼前的
是身背行囊
步履匆匆的弘一法师
我想跟上他的步伐
却惊觉这只是一尊白瓷
玲珑剔透
静中见动
旧中透新
有人说
白瓷入土千年却能不朽不锈
斗转星移
兔缺乌沉后
拂去尘灰
这尊白瓷仍然如月白
如玉美
抚过那满是褶皱的行衣
透过那凝重坚毅的眼神
我好像能感受到

那双手时重时轻地揉捏瓷土
那双眼睛始终专注地观察着
那颗心被热爱之火紧紧簇拥
一尊尊白瓷
越过重山
跨过汪洋
匠人们以瓷之新
瓷之心
赢来了瓷之兴
我想
我要做的不仅仅是叩问
还有传承
发扬白瓷之心
延白瓷之兴

（指导老师：林志坚）

《弘一法师》/ 张明贵

张明贵

　　高级工艺美术师、国家一级（高级）技师、福建省工艺美术大师、泉州五一劳动奖章获得者、泉州青年五四奖章获得者、德化非物质文化遗产项目瓷烧制技艺传承人、厦门城市职业学院客座教授、德化陶瓷艺术大师联盟副秘书长、德化县美术家协会副主席。

惊梦回想

黄语虹

在雨后初晴的午后
我百无聊赖地躺上还带有露水的躺椅
不经意间跌入了梦乡
梦境里我不知身处何处
朦胧间只见一男一女
男子俯身拱手
女子以扇掩面
两人好似在诉说山盟海誓
可又难掩悲情
此次一别
不知何时才能再相见
发上花簪薄轻巧若春风
通身质地洁净若白雪
轻敲清脆悦耳若古琴
白如美玉颜
轻若蝉翼衣
衣裳绣青蝶三两只
振翅欲飞

（指导老师：林志坚）

《惊梦》/ 邱玫瑰

邱玫瑰

　　高级工艺美术师、福建省工艺美术大师、首届福建陶瓷艺术大师、福建省泉州工艺职业技术学院陶瓷艺术系副教授、中国陶瓷工业协会常务理事、福建省陶瓷工业协会常务理事、中国陶协女陶艺家协会副会长。

白瓷愿景

苏小妍

在历史漫长的画卷中
我翻开了白瓷这一页
假如我有一支神笔
我要绘出白瓷的世界
那里有雍容大度的弥勒
体态丰盈,笑容可掬
假如我有一支神笔
我要画出白瓷的内心
那里有超凡脱俗的情怀
大肚能容,满腔欢喜
假如我有一支神笔
我要书写白瓷的前世今生

那里有成千上万的手艺人
潜心钻研,勇于创新
尽显大国风采
也许我没有这样的一支神笔
但无数的大国工匠
正世代传承瓷艺
秉持初心,笃然前行
白瓷永存年年在
薪火不灭代代传

(指导老师:林志坚)

《坐岩弥勒》/陈进宝

陈进宝
　　高级工艺美术师、一级(高级)技师、福建省工艺美术大师、福建省陶瓷艺术大师、福建省工艺美术名人、婴钰红陶瓷有限公司艺术总监。

清怨少女

林锦鸿　王子涵

始于土，炼于火，明如镜，白如玉。

宿怨给予灵感，泻于瓷上，于洁白上刻。

光色如绢，莹厚如晶；绰约轻盈，素肤凝脂；津渡烛影，魁星未拜。

当日罗带轻分缘定今生。

晓风解意，花枝相迎。

夜幕垂，鹊桥会；皎月归，她轻随。

桥上恋人入对出双，窗边红药叹夜漫长。

花开花又落，轮回没结果。

木雕鎏金，岁月涟漪，年年倚井盼归堂。

唯恐不觉泪已拆两行。

待问何人妙手，能解连环；把真心剜来看，还消凄凉。

尝矜绝代色，弱柳抚风；逸态倾城笺，娇花照水。

楹联墨残谁来揭，缥缈春华谁老去。

（指导老师：林志坚）

《如梦令》/ 郑建冰

郑建冰

国家一级（高级）技师、福建省工艺美术大师、福建省陶瓷艺术大师、福建省轻工八闽工匠、福建省陶瓷艺术名人、全国陶瓷行业技术能手。

祥云观音

温颖欣

你静默在温润如玉的釉色里

身着一袭轻柔素雅的宽衣长袖

璎珞串饰垂饰于胸前

一朵慈悲的莲在心口宛然绽放

悠悠而垂的衣摆

在飘逸的清风中吹拂流转

勾勒出你优美的体态

珠冠高束着发髻

你双目微敛

沉思在纷纷扰扰的喧嚣人间

你庄严地宣誓着你的慈悲与智慧

（指导老师：林志坚）

黄明玉《祥云观音》

黄明玉
　　一级（高级）技师、高级工艺美术师、福建省工艺美术大师、全国轻工技术能手、福建省五一巾帼标兵、福建省陶瓷行业技术能手、福建省金牌工人、福建省陶瓷艺术大师、泉州市工艺美术大师。

梦舞素裳

陈 臻

我是一只优雅的白孔雀
摆弄引以为豪的白羽
犹如聚光灯下的舞者
舞姿翩跹
才华绝艳
墨点江山烟雨色
素衣舞梦闽江侧
桃花灼灼迎春风
清影窈窕起笙歌
白瓷细琢

好似无瑕美玉
何须他物陪衬
梦蕴其中
犹具匠门热忱
更胜黄金百镒
倚梦而舞
尽显千载白瓷梦
终现泱泱中华魂

（指导老师：毛萍萍）

《心存梦想》/林灵月

林灵月
　　福建省工艺美术大师、福建省陶瓷艺术大师、八闽工匠、全国技术能手、福建省劳动模范、泉州市非物质文化遗产项目德化瓷烧制技艺传承人。

咏 瓷

郑婉茹

掘于土，碎于泪
熔铸于烈火如歌
缠绵于似水柔情
沉醉于千古江山
叹息于乱世纷争

或是圆润平滑
有别于山峦之奇棱
海谷之雄峰
抑或是处事不惊
似于那风平浪静之幽谧
乌蒙磅礴之雄浑

百鸟齐喑
瓷白的羽毛在顷刻间绽放
那是历史的结晶
是世俗的点睛之笔
回眸定睛
那细细刻画之处
尽是匠人精神的极致体现

（指导老师：毛萍萍）

《和谐》/ 林灵月

林灵月
　　福建省工艺美术大师、福建省劳动模范、福建省陶瓷艺术大师、全国技术能手、八闽工匠、泉州市非物质文化遗产项目德化瓷烧制技艺传承人。

瓷舞之韵

李小燕

我是瓷之舞会上的奇妙女子

时而身着花裙

素手纤纤

独自起舞

时而美如飞蝶

婀娜多姿

结伴而舞

手工匠人用双手为我而开的音乐之会

他们用清水和泥土将我凝合

又用烈火将我升华

美在瞬间

亦是永恒

（指导教师：毛萍萍）

《心存梦想》/ 林灵月

林灵月
　　福建省工艺美术大师、福建省劳动模范、福建省陶瓷艺术大师、全国技术能手、八闽工匠、泉州市非物质文化遗产项目德化瓷烧制技艺传承人。

喜上梅梢

涂季扬

鹊上枝头影惊鸿，雪絮飘飞白瓷中。
喜鹊报春添祥端，梅花傲雪破寒冬。
未见龙凤舞九天，且赏翠鸟弄清风。
岁月千载情长在，喜上梅梢永流传。

（指导教师：赖碧清）

《喜上眉梢》/ 寇富平

寇富平
　　2016 年被中国轻工业联合会和中国陶瓷工业协会授予"中国陶瓷艺术终身成就奖"。1963 年为北京人民大会堂毛主席休息室设计创作的刻花牡丹笔筒，被誉为"主席笔筒"。创作的羊头花瓶、芭蕉花瓶、牡丹花瓶长期作为国家外交部国礼。喜上眉梢梅鹊瓶、螭龙瓶、羊头花瓶三件作品被中国国家博物馆收藏。

瓷语生辉

穿越千里的白意

黄 婧

有一抹笑，刻在白的心间
有一抹红，映在白的深处
是悟彻的释怀
是心中的情怀
是人世间最最纯粹的白
是包含着绚烂五彩的白
在西方的极乐净土
在中华的珠穆朗玛
不悲不喜的心境
亦是不骄不躁的坚定
烈火冶炼的瓷
亦是寒雪掩埋的山
她胸怀白莲　他心怀信念
似雪的白莲盛开于冰雪之中
坚信的成功孕育在困苦之后
那些被烈火焚烧的疼痛
那些被冰雪击落的绝望

又算什么
你我皆知的
最黑暗乃黎明时

成瓷的一瞬，坚毅的外壳裹住那柔软的心
登顶的一刻，骄傲的情感拭去那路途的苦
从此便无畏风雨
无畏霜雪
她踏祥云朵朵　他踩白雪皑皑
置身在纯粹的天地之间
感受那佛度众生的胸怀
放下那纷纷扰扰的思绪　只剩下白

是的，最后　只有白
正是这白意　穿越千里
延绵不绝　生生不息

（指导老师：赖碧清）

《渡海观音》/ 郑建冰

郑建冰

国家一级（高级）技师、福建省工艺美术大师、福建省陶瓷艺术大师、福建省轻工八闽工匠、福建省陶瓷艺术名人、全国陶瓷行业技术能手。

怀瓷攀峰

黄 婧

天地浩渺无一物，谁踏白浪凌珠峰。
瓷述莫骄莫气歇，山道不曾言弃登。
烈焰焚身始得坚，艰辛苦楚塑功名。
踏顶拥瓷席地坐，亦了子美众山小。

（指导老师：赖碧清）

《渡海观音》/ 郑建冰

郑建冰

国家一级（高级）技师、福建省工艺美术大师、福建省陶瓷艺术大师、福建省轻工八闽工匠、福建省陶瓷艺术名人、全国陶瓷行业技术能手。

瓷 叹

林婉霞

千炙百琢玉身成，冰心雪骨永流存！
素衣不掩慈悲怀，渡尽人间苦厄难。

（指导老师：赖碧清）

《渡海观音》/ 郑建冰

郑建冰

国家一级（高级）技师、福建省工艺美术大师、福建省陶瓷艺术大师、福建省轻工八闽工匠、福建省陶瓷艺术名人、全国陶瓷行业技术能手。

遇见·瓷魂

张 铎

展台上
婀娜少女起舞翩跹
蒲团中
古朴老僧参禅悠闲
李白仗剑自逍遥
天女拈花得一笑
锦鲤搅乱涟漪
丞相挺起肚皮
青龙月下鹏啸九万里
瓷魂中蕴藏着一份惬意

色白花青
锦鲤跃然于碗底
临摹宋体
仿前朝的飘逸
朗月清风旧相知
瓷魂眉间拾

历经千年沧桑
千度淬炼过的形状

温暖釉画如此精良
岁月风雨飘摇
难以掩盖你的光芒

踏遍千山万水
只为遇见你的流年芬芳

江南窑烟如云
大师斗彩繁忙
一瓷成品万瓷尽碎不过寻常
只为巧夺天工
山河万里火中绽放
烧出醉人青花
瓷魂七下西洋

千锤百炼
不计日久天长
物尽其用
泥土也能发光
犹如凤凰涅槃
其实人生一样

（指导老师：赖爱梅）

陶瓷艺术家　陈德华

陈德华

　　国家一级（高级）技师、中级工艺美术师、福建省工艺美术大师、福建省陶瓷艺术大师。

诗歌　101

瓷语生辉

喜上梅梢

温颖欣

拨开寒冬的余韵
釉色温润
把岁月涂抹成月黄昏
春色如此通透

雕刻暗香的洁白
疏影横斜
把诗意倒映在水一方
瓷骨原来玉魄

穿透月夜的清辉
喜鹊初醒

把春暖演奏于东方红
想象那般辽阔

瓷香浸染时光
瓷韵芬芳梅影
瓷心皎洁月色
瓷语静好春秋

（指导老师：郑锦凤）

《喜上眉梢》/ 寇富平

寇富平
　　2016年被中国轻工业联合会和中国陶瓷工业协会授予"中国陶瓷艺术终身成就奖"。1963年为北京人民大会堂毛主席休息室设计创作的刻花牡丹笔筒，被誉为"主席笔筒"。创作的羊头花瓶、芭蕉花瓶、牡丹花瓶长期作为国家外交部国礼。喜上眉梢梅鹊瓶、螭龙瓶、羊头花瓶三件作品被中国国家博物馆收藏。

钗头凤·深宫牡丹

徐锦晟

红牡丹,翠玉环,胭脂怎抹愁容颜?长安暖,深宫寒,泪痕不干,低眉似叹。难,难,难!

彩釉衣,拈花手,那时烛前盼白头。子规啼,芳华落,院内悲歌,墙外春柳。错,错,错!

（指导老师：郑锦凤）

《唐韵仕女》/ 许瑞卿

许瑞卿
瓷都德化许氏瓷雕第六代传人、福建省工艺美术大师、福建省陶瓷艺术大师。

瓷语生辉

亮 剑

赖英岑

酒入胸腔浸豪肠，举剑共舞愁意藏。
月色倾倒如流水，滴落剑光似泪光。
剑光流转岁月长，转身忽见少年郎。
桃园结义照肝胆，挥剑上马迎万难。
身在曹营心在汉，千里单骑卷平岗。
一身义勇心中藏，谁见不夸好儿郎。
怎料世事太沧桑，忠心却被小人谤。
宝剑难打三寸舌，双拳不敌五米缸。
心灰意冷无处怨，年事已高何处申。
然而国事心中横，临到关头仍自荐。
两鬓斑白仍穿甲，肚膛微鼓还挥剑。
不惧强弩轻上阵，仍叫敌做马下臣。

（指导老师：郑锦凤）

《亮剑》/许瑞卿

许瑞卿
　　瓷都德化许氏瓷雕第六代传人、福建省工艺美术大师、福建省陶瓷艺术大师。

唐　韵

肖敏清

胭脂画眉，樱桃点唇，

流光玉颊，金钗步摇。

山河窈窕，车马如潮。

良田千顷，粟白稻黄，

繁华九霄，万里帝王。

凤箫迎乐，玉壶光转，

云鬓花颜，声色迷眼。

暮卷残阳，三吏三别，

渡头烟浓，泪光潋滟，

如歌似梦，佳人何叹？

终成泡影，风流云散！

任他唱云想衣裳花想容，

终被笑隔江犹唱后庭花！

（指导老师：郑锦凤）

《贵妃醉酒》/许瑞卿

许瑞卿
　　瓷都德化许氏瓷雕第六代传人、福建省工艺美术大师、福建省陶瓷艺术大师。

瓷语生辉

瓷香如雪

郑琬茹

沉睡的泥
是月光的浸染
让你慢慢苏醒
火的涅槃
你竟脱胎换骨
如此皎洁
刹那间,葳蕤
惊起万艳同杯
遍地瓷香如雪

沾染历史芳菲
顷刻间
鼎立天地的风光
宛若四季握手言和
共同缔造
那一场盛世繁华

(指导老师:郑锦凤)

《博和鼎》/陈仁海

陈仁海

国礼大师、金砖会晤国礼设计突出贡献奖获得者、享受国务院特殊津贴专家、第六届中国工艺美术大师评委、国家地理标志产品国家标准委专家、中国白艺术宫主席、中国白文化研究院院长、仁海艺术馆馆长、德化陶瓷职业技术学院客座教授、福建省民营企业商会名誉会长。

梅妻鹤子

陈伟圣

梅生料峭放清香,鹤立青云望四方。
孤山抚琴无人和,梅妻鹤子伴身旁。

(指导老师:郑锦凤)

《梅妻鹤子》/李光涌

李光涌
  国家一级(高级)技师、福建省工艺美术大师、福建省陶瓷艺术大师、福建省工艺美术名人、泉州市工艺美术大师、德化县技能大师、德化县非物质文化遗产代表性项目德化瓷烧制技艺代表性传承人。

雪 原

陈思祺

你走过一望无际的雪原吗
我走过

苍茫刺目的雪原
撕裂的风、埋没的雪
在吞噬一切的白色里
静蠹，我的血液在凝固
我知道已经到了一个时刻
一个最后的时刻
必须往前走　用力地走
即使踏在冰尖
即使踽踽独行

我要铿然的铜声在天地间回响
不在乎这是不是我的绝唱

当暮色四合
雪渐渐小了　星子那样明亮

我跑了起来
冲得像一支离弦的箭
我要奔赴一个神圣的目的地　很急
咚，咚，咚，咚
蹄子重重叩击在冰面上
连心跳声都明晰起来
我不再只有我
我找到了许多的我
更多的我正在汇聚成一个更大的我
雪们四散逃离
震颤于这高昂的鼓点

当温和的春风拂过我的面颊
我不曾停歇
我知道号角才刚刚吹响

（指导老师：郑锦凤）

《砥砺奋进》/ 徐文守

徐文守
　　高级工艺美术师、国家一级(高级)技师、中国传统工艺美术大师、福建省工艺美术大师、福建省陶瓷艺术大师、德化县文守艺瓷研究所所长。

豹 呓

陈思羽

山鬼　你
还要等到何时呢
猿啼　已然湮没
他的讯息
这一路来　崎岖艰险
我渴饮寒泉　倦卧崖岸
与你同俟
可日暮时分的雨　早已
将你未干的泪痕洗尽

我俯首轻嗅灵芝　默默
哀叹　如花般绽放的
生命
终究挽留不住
时间的脚步
任其无情地将　万物
蹂躏

让我带你
跃下这浸淫开孤寂的山尖
驰行于如波涛般澎湃的云雾之上
去到他的梦中　将他
唤醒
而你　执意独立山头

不愿
就此离去

不若归去　不若归去
我快步驱驰向幽篁
可你却仍回眺着
他不曾来临
你又有何眷恋　有何冀幸

让我　让我来保护你
我虽非他　能让你
满心欢喜
但我将
如山一般
为你挡风雨
不再让你身披的香草黯淡
不再让你啜泣

千年后的千年
世人再度翻开那本古书　找到了你
于是
匠人塑出你窈窕佳影
再刓我身躯　铸我形体
赋我们以

瓷语生辉

囊括万色的　白
成你的痴心
我的使命
在窑火之中　我终得实现
我的诺言
不论年岁　你皆可
以我为依

你用手轻拍我的脊背
嘴角微扬
——你终于有了笑意

（指导老师：郑锦凤）

《义豹柔情》/徐文守

徐文守

　　高级工艺美术师、国家一级（高级）技师、中国传统工艺美术大师、福建省工艺美术大师、福建省陶瓷艺术大师、德化县文守艺瓷研究所所长。

四季争艳

涂季扬

牡丹携春至，笑傲百花丛。
青莲池中立，亭亭向晴空。
雏菊话金秋，夕阳醉酡红。
蜡梅凌风雪，香阵透寒冬。
韶光不知换，鬼斧画玲珑。
春夏秋冬景，皆凝玉瓷中。
此情可流转，千载永不渝。

（指导老师：赖碧清）

《四季争艳》/ 苏丽华

苏丽华

  中国陶瓷艺术家、工艺美术师、陶瓷雕塑技师、中国工艺美术学会会员、中国陶瓷工业协会会员、泉州市工艺美术协会会员、德化瓷花制作工艺传承代表性人物、"雅丹艺瓷"品牌总设计师、福建省德化雅丹艺瓷总经理兼艺术总监。

飞 天

苏楚钰

手托青冥　　　　　　　　　钟情陆上丝路敦煌飞天
身腾飞空　　　　　　　　　植入海上丝路德化白瓷
肤白如美玉颜　　　　　　　悠悠历史　传承几千年瓷都文化
颜婉如水芙蓉　　　　　　　絮絮瓷语　道不尽几代瓷匠人情
誉称飞天仕女　　　　　　　瓷中飞天
生于泥匠妙手中　　　　　　铸就飞天梦
一捏一揉铸成型　　　　　　瓷中白瓷
一勾一挑蕴风骨　　　　　　展示白瓷魂
一刻一画留英姿　　　　　　飞腾上空　激情昂扬
光影变幻间　　　　　　　　发扬民族精神
飞天神女灵气逼人　　　　　共赴复兴青天
彩带萦舞　衣裙摇曳　　　　美哉　飞天神女
脚踏祥云　凌空翱翔　　　　美哉　德化白瓷
身姿飘逸　仙姿绰约
梦回岁月往昔　　　　　　　（指导老师：赖爱梅）
魂遇万古飞天

《飞天》/周金田

周金田

福建省陶瓷艺术大师、福建省高级工艺美术师、福建省工艺美术名人、第十一届泉州市政协委员、中国工艺美术协会会员、福建省陶瓷专业委员会会员。

朱颜半隐绮罗香

曾洁瑜

身似玉瓶，面若花枝
却使丹青误，余生负
你的眼里是辽阔的草原和骏马在奔驰
那一曲悲凉的琵琶曲
早已满鬟黄沙满鬓风，眉销粉黛残

几朵花苞素颜色
朱颜半隐，更显倾城
眸子里落进万千俗世
安逸的宫廷和不尽的繁华
红颜损了落花

霓裳一曲，舞破中原
草原上开满你种下的花

大地和草原交杂
朔漠的心跳动在花蕊上
马背也成了家

塞外夕阳爬上脸颊
琵琶唱不断思家

绮罗香未了
愿花蕊永驻
讲述中原文化

（指导老师：李晓愈）

《绮罗香·隐》／苏华羽　曾巧霞

苏华羽
　　高级工艺美术师、国家一级（高级）技师、福建省工艺美术大师、福建省陶瓷艺术大师。

曾巧霞
　　福建省工艺美术大师。

蝉翼衣

李长晟

层层叠叠

堆积如山

你坚硬又脆弱

你柔软又变幻

薄如蝉翼

似乎有一种四两拨千斤的力量

我唤醒纸和白瓷

擦亮梦境的表面

清泉绿茶

素雅白瓷

同这张有灵气的纸共饮

半日之闲

可抵十年的尘梦

胎薄轻巧若蝉翼

质地细洁似白雪

花影吹笙

满地淡黄月

万籁生山

一星入水

鹤梦疑重续

我在一块古老的砖块上

遇见薄如蝉衣的你

（指导老师：李晓愈）

《纸》／苏献忠

苏献忠

高级工艺美术师、国家一级（高级）技师、中国瓷都德化唯一百年老字号——"蕴玉瓷庄"第四代传人、中国陶瓷艺术大师、福建省工艺美术大师。

方寸海魂

许明泽

是谁
独涤天地
自成的一方
化作重溟
吐纳的丹香
纺成川流
方寸海纳
百鸥竞逐
千帆竞发

是谁
敞开胸怀
亮釉下
臂膀间
荒天外
满身尘埃
方寸之间

化作海水
海魂净化了周间
独伴青牛
江海余生

是谁
睁开双眸
仰望寰宇
眼中
心间
装下众生
忧愁化作海风
吹响风铃
拂动白须
渐渐融成
方寸海魂

（指导老师：赖爱梅）

《海纳百川》/ 许庆裕

许庆裕
　　高级工艺美术师、国家一级（高级）技师、闽派雕刻艺术大师、福建省陶瓷艺术大师、福建省工艺美名人。

诗歌　115

聆听海的声音

林慧怡

风起
缓缓地，轻轻地
夹杂着独特的海盐气息
掀起光滑玉臂上的衣袖
轻抚头巾下的温柔脸颊

浪起
轻轻侧头，细细聆听
海螺响起熟悉的声音
像是故人在讲述着
古老的大海的故事
掀开海的神秘面纱
诉说你与海的契缘

你在痴迷
那些缠绵悱恻的传说
你在期待
听闻鲛人的袅袅余音
你在遐想
大海的情绪起伏和回应

你在等待
夕阳下的船徐徐归来
你在聆听

那阵阵大海的心跳声
你在深爱
这片浩瀚无垠的深海

风止
声音变得微弱
你的思绪重返
翻涌的浪花在冲刷残壁
残壁写满了尘封的过往
海鸥在黄昏下的海岸线徘徊

浪平
你凝望远方
轻晃双脚
静静欣赏
那些曾经直面风雨的船帆
虔诚地为海的儿女祈福
诚挚地感恩宽容的海神
默默地等待着
下一次的风起

（指导老师：何娴）

《惠风和畅》/赖瑞攀

赖瑞攀
  国家一级（高级）技师、高级工艺美术大师、全国陶瓷行业技术能手、福建省青年岗位能手、福建省工艺美术大师、福建省陶瓷艺术大师、泉州市高层次人才、德化县技能大师、国家级非物质文化遗产项目德化瓷烧制技艺代表性传承人、浩家蕴陶瓷研究所创始人。

水穷处，登云巅

苏伟斌

远观

水潺潺，巨石拦

云渺渺，扰青天

雾霭集，霖霂落

无风处，波澜藏

只见

水穷处，波光正漾

云之巅，雯华尽显

刹那

惊涛骇浪如蛟龙

风起云涌似白鹤

万水翻腾，一云冲天

且看

林尽水澈云雾散

水穷处

氤氲水汽如镜明

云起时

挣脱桎梏一云飞

（指导老师：何娴）

《云起时》/ 赖瑞攀

赖瑞攀
国家一级（高级）技师、高级工艺美术大师、全国陶瓷行业技术能手、福建省青年岗位能手、福建省工艺美术大师、福建省陶瓷艺术大师、泉州市高层次人才、德化县技能大师、国家级非物质文化遗产项目德化瓷烧制技艺代表性传承人、浩家蕴陶瓷研究所创始人。

无 我

肖学栋

菡萏上独坐的你
是否知道
那雕塑的人
眼里的期望和憧憬

菡萏上独坐的你
是否在意
那窑炉的火
在吞噬着你的躯体

菡萏上独坐的你
能否听清

观摩欣赏的人们
不住赞美与惊奇

菡萏上独坐的你
能否明了
是那一眼倾心
又是一见钟情

（指导老师：何娴）

《坐荷观音》/ 赖瑞攀

赖瑞攀
　　国家一级（高级）技师、高级工艺美术大师、全国陶瓷行业技术能手、福建省青年岗位能手、福建省工艺美术大师、福建省陶瓷艺术大师、泉州市高层次人才、德化县技能大师、国家级非物质文化遗产项目德化瓷烧制技艺代表性传承人、浩家蕴陶瓷研究所创始人。

琵琶语

陈 妍

秋娘昔时抚琴弦，玉盘走珠思华年。
水芝花谢了季夏，海棠花开涨凄然。
听客掩涕抱中叹，绵雨蒙蒙今犹寒。
江上扁舟几人归，寂寂寒江明月心。

（指导老师：林志坚）

《琵琶女》/叶云风

叶云风
　　福建省高级工艺美术师、泉州市工艺美术大师。

北国之春

陈施宇

是空寂
飞雪向这白茫茫呐喊
回声——白色的沉默
是寒冷
北风朝这白茫茫奔跑
风声——无尽的怒号

那一捧来自北国的雪
纯洁的,晶莹的
让它消融在你的掌心
滴落
刹那间,掬水月在手

你听见瑟瑟轻响
你嗅到暗香浮动
你窥探琼枝翠微
你可知那隐隐作痛的
血脉贲张将要迸发的
是什么

哦,快看
那野草疯长漫遍百雪
那滔滔河流撞破坚冰
那严寒退祛
那寂寞离去
那白雪沸腾攀上冰川
那穿行雪漠寻千万度
只为寻得那一滴青翠
乍现

有缱绻温柔
有豪情万丈
如诉如泣
如诗如画
绽放在北国之春

(指导教师:王淑贤)

《北国之春》/ 詹贻海

詹贻海
　　国家一级（高级）技师、高级工艺美术师、中国陶瓷艺术大师、福建省陶瓷艺术大师、龙江工匠、齐齐哈尔市工艺美术大师。

万世师表

涂竞芳

圣贤先师,浮现孔夫子的圣贤之道
映入眼帘象牙般的白瓷
命世之大圣,亿载之师表者也
属先师孔子,行教像
瓷面一笔一画,勾勒古至今楷模形象
刀法刚劲细腻,镌刻先知人行为标杆
笔锋流转,往事回眸
辗转千年窑火的无情锻造
跨越数个时代向今朝宣告

回首看,山河不过君命无二
抬眼望,锦绣前程万众心间
儒家仁政,不复空想,演变以民为天
儒家礼仪,不复刻板,蜕变文明时代
圣人虽已故,师道永传承
白瓷韵律承载其道
白瓷韵律薪火相传

(指导教师:王淑贤)

《万世师表》/詹贻海

詹贻海
　　国家一级(高级)技师、高级工艺美术师、中国陶瓷艺术大师、福建省陶瓷艺术大师、龙江工匠、齐齐哈尔市工艺美术大师。

万世师表

赖宇晴

身着长袍
手拱而立
尽见人之圣
晶莹如玉
清畅如水
尽显瓷之白

五常为心
学思为法

智启儒学之林
引得万人之敬
高岭之土
技高之法
用心一于德化瓷
待到花绽皆开颜

（指导教师：王淑贤）

《万世师表》/ 詹贻海

詹贻海
　　国家一级（高级）技师，高级工艺美术师、中国陶瓷艺术大师、福建省陶瓷艺术大师、龙江工匠、齐齐哈尔市工艺美术大师。

山 鬼

赖芷珊

我彷徨于丛林之中
耳边是蝉鸣莺啼
我不知我要向何处
只能无厘头漫步，漫步着

一声低吼猛地传来
撕裂了此刻的宁静
惊然回首
却又撞入那
流盼的眼眸
我怔了神，欲上前
却又被她身下
眼冒凶光、弓绷着的猎豹吓退
"你是谁？"我怯声问。
"山鬼，我是——山鬼"

她轻晃着腿
娇嫩的女萝束在那
如凝脂般的肌肤
轻颤，轻颤着
清鲜的薜荔绕着那
曼妙绰约的身姿
摇曳，摇曳着
就连那头冠着的辛夷

都在几缕光线下——
熠熠生辉

我痴迷
目光追随着绸缎般的青丝
亦步亦趋
我欲摘最娇的花
赠予她
又觉她是无花可拟的
我欲拾最艳的果
献给她
又想她是不食烟火的

猎豹在远去
她的身影在缩小
我踌躇，踌躇着
"你向何处？"终还是开口
"自由，我向——自由"

（指导教师：王淑贤）

瓷语生辉

《山鬼》/詹贻海

詹贻海

　　国家一级（高级）技师，高级工艺美术师、中国陶瓷艺术大师、福建省陶瓷艺术大师、龙江工匠、齐齐哈尔市工艺美术大师。

山 鬼

林牧玖

林中有山鬼,身矫似伊人。
冰肌牵玉骨,瓷面点丹唇。
朝霞为裙袂,月辉作衣衬。
闻名策虎豹,现世清幽生。

(指导教师:王淑贤)

《山鬼》/詹贻海

詹贻海
　　国家一级(高级)技师,高级工艺美术师、中国陶瓷艺术大师、福建省陶瓷艺术大师、龙江工匠、齐齐哈尔市工艺美术大师。

静默·浅笑

徐晨洋

清冷，微凉
但圣洁得令人生怜
当世间的泥土开始浅吟低唱
当世人的眼眸为凡尘所朦胧
那未曾谋面的美
可有人能唤起
神明能
你，亦能

你的美
无须言语，不必雕饰
直抵心田，穿梭时间
一瞥，便是一眼千年
皑如白雪，皎若朗月
问万里层云，千山清风
只向谁去
你将其付之不顾
瓷无声，而心自明朗

你知道的，你曾是一抔泥土
但从不左顾右盼是你的信条
不诱惑，也不受惑
被匠人触碰的那刻
是万古长夜中你唯一的醒

熊熊窑火里
凌乱，却似愁还喜
你终在这永生的煅烧中
铸就精美绝伦的自己

你嘴角微扬，从时光中缓缓走来
他们说
你是从天帝手中劫下的一抹琼色
我说
与你四目相对，即是永恒，
是暗香涌动，是冰清玉洁
是长沟流月，是杏花疏影
是瓷都匠人指间
薪火相传的神话

（指导老师：邓秀玉）

《神话》/ 连德理

连德理

国家一级（高级）技师、高级工艺美术师、全国技术能手、中国传统工艺美术青年大师、福建省工艺美术大师、福建省陶瓷艺术大师、福建省雕刻艺术大师，福建省技能大师、泉州市级非物质文化遗产项目德化瓷烧制技艺代表性传承人。

瓷语生辉

巾帼英雄穆桂英

李振荣

瓷作三千列橱窗，英雄犹感吾心间。
杨门女将群芳谱，血战沙场穆桂英。
身披戎装头戴盔，凝神端视气自盈。
头上雉翎诚逼真，大穗比其身后垂。
前饰流苏丝缕明，细丝稠密皆可清。
传令旗来迎风舞，手握尖枪战豺狼。
凛凛威风浑不惧，飒爽英姿震侵贼。
观此瓷塑泣涕涟，巾帼之志千古唱！

（指导老师：邓秀玉）

《巾帼英雄——穆桂英》/ 连德理

连德理

国家一级（高级）技师、高级工艺美术师、全国技术能手、中国传统工艺美术青年大师、福建省工艺美术大师、福建省陶瓷艺术大师、福建省雕刻艺术大师、福建省技能大师、泉州市级非物质文化遗产项目德化瓷烧制技艺代表性传承人。

篆 福

陈彦妃

白
象牙般纯暇无比的白
指尖挥上那白璧
浮起的瓷纹
浮雕翩翩
杯口不大
却足以纳下古茶
茶水荡漾
澄澈分明
暗香袅袅
一翻
竟是映入别样红

那瓷底下
红
中国红般炽热的红
一笔一画
将瓷篆做了福
平平仄仄间
盖下临门五福
浮福共生
那篆下福的白瓷杯
引我至泱泱历史

（指导教师：曾彩凤）

《五福·篆刻杯》/林荣献

林荣献
　　中国传统工艺美术大师、高级工艺美术师、福建省工艺美术大师、福建省陶瓷艺术大师、泉州市工艺美术大师。

牧 羊 女

张博铠

北国原是白色的
清淡，萧肃，失了温度
是谁染千里白缎一抹淡彩
绚烂，纷然，添了光彩

我想去寻皑皑中的那一粒色彩
遥遥迢迢，寻寻觅觅
随那色珠放大，放彩
是天女遗失人间的宝物
果然
玉立远方，一身亭亭
无声，无息，只是默默
唯有彩衣点开了墨彩
身边的白羊仿佛同白雪融为一道
她只垂眸
是思忖，抑或是沉默

贸然问及，她只恬然一笑
牧羊女
袍上流出的光撞开了雪色
一朵，两朵，三朵
朵朵溢彩
珠蓝，黛青，玫红
色彩流连

苍茫雪海中独傲的瑰丽
似要撕开无光的世界，流出光彩
可终是一点

她长立，我长立
她不语，我不语
只低眉
羊群去了雪中，难辨其中
没有声音渲染，没有目光投举
衣袍华然，而她只是淡淡

天地共一片雪色，白透了纸
但她仍只是星点光彩
长驻于此
纵风雪满域，断了思绪
抹平了表情，按捺了繁放
但她仍在，仍守一点光彩

（指导老师：赖爱梅）

《牧羊女》/许瑞峰

许瑞峰
中国工艺美术大师、中国陶瓷艺术大师、国家非物质文化遗产项目德化瓷烧制技艺传承人。

踏 春

黄陈垒

春来得无声无息
如微风，似流水
我随风的脚步，走向原野
蒲草乘风，寄托着我的想念

春来得轰轰烈烈
如狂风，似急水
我勒马东望
只见无垠的草原

却不见　我的家乡
马儿发出嘶鸣
我俯身策马
沿着春风，继续西行

（指导老师：赖爱梅）

《踏春》/许瑞峰

许瑞峰
　　中国工艺美术大师、中国陶瓷艺术大师、国家非物质文化遗产项目德化瓷烧制技艺传承人。

源

林睿泽

天上来的黄河之水
孕育了他们和我们
从绳结、彩陶再到龟甲
表达与理解
是这一切的起源

你本是泥土啊
是亿万年前女娲手中的土
是你涵养我们含蓄内敛的人格

圆明园的火光
无法摧毁你的坚韧
——你不屈的脊梁

在这无尽的淬炼之中，你重获新生
更加坚强，更加温润，更加无瑕
你是洁白如玉的陶瓷

你是杨玉环飘逸的裳
你是孔子脚下
昼夜不息的河流
你是"文化"，你是"文明"
你是中华民族千年薪火不灭的传承
源，你是源

（指导老师：赖爱梅）

《源》/ 许瑞峰

许瑞峰
　　中国工艺美术大师、中国陶瓷艺术大师、国家非物质文化遗产项目德化瓷烧制技艺传承人。

散文

遇俏佳人

陈珠莉

面前的瓷像，晶莹如玉，滋润似脂，束束白皙、透亮的灯光洒在她身上，仿佛有了生命。这是李璋高大师的作品《俏》，塑造了一位静美柔曼，朴素典雅的江南女子，让人有种"春水碧于天，画船听雨眠"的享受，隽永而含蓄，熟稔且陶醉……

她身着一件便衣，在爽风轻抚下，裙褶飘荡，轻袖漫舞，宛如镜湖中泛起的层层叠叠的涟漪，清新脱俗，听山涧泉声，汩汩流动。纤指细腰，肌肤如玉，淡淡眉梢，颦颦含笑，若出水芙蓉，纯洁静好。绾上简单的发髻，端庄大气，静默永恒。手执一精致香囊，在杨柳依依间款款而来，溪声缠绵，馨香怀袖，陶醉不止，情愫初生，惹人心悸。

她是水中玲珑曼妙的精灵，在水天相接之际，触摸万物灵气，吮吸自然风味。她会与行走的路人嬉笑打趣，会与水中游物热情寒暄，不断游走，领略未知；她是天上云中一位手捧经书、笔墨飞扬的仙女，在云雾依傍下若隐若现，尽显才情，抒发感怀，悲悯众生；她是雨巷里撑着油纸伞的姑娘，像丁香一样芬芳……

这瓷像让我感受到江南气息扑面而来，品味到江南的独特风骚，使我浮想联翩，使我流连忘返。

细看其笑中含情脉脉，又似笑非笑，她低看那边，或许她在思考，或许她在思念远方之人，或许她在回忆过去的点滴美好，或许她在想象将来的团聚……在我看来，她身上所体现的不仅有江南女子温文尔雅的气质，还有那般柔情似水、扣人心弦的情思。

这瓷像极富感染力，精致细腻，包容万物。刻画的裙褶十分清晰，且有繁花点缀，配上玲珑香囊，而面容妆发却简单大气，通过这样繁简结合，疏密有序的手法，使整个瓷像层次分明，深刻地表现了人物的内心世界。这便是李璋高大师烧瓷的一个精妙之处。

瓷语生辉

　　李璋高大师塑造的作品，独具匠心，富有想象力、创造力，既继承了传统，又保留了自己特有的想法。观赏他的作品，我的感受是惊艳、赞叹和沦陷。《俏》还被中国国家博物馆永久收藏。他对传统文化的虔敬思考，重视技艺基础上结合当代艺术语境所做的转换与延伸探索。福建省工艺美术研究院院长余卫平如此评价李璋高："李璋高是德化目前少有的拥有自己独特艺术语言的人。"他在德化瓷文化的继承与开拓的长河中，永葆他对瓷的心念，永远熠熠生辉。

　　遇此佳人，春梦随云散，飞花逐水流，雨巷伴情长。我领略到了瓷之绝唱，瓷之离骚！

（指导老师：苏诗川）

《俏》/ 李璋高

李璋高
　　国家一级（高级）技师、高级工艺美术师、福建省工艺美术大师、福建省陶瓷艺术大师、福建省雕塑大师、福建省技术能手、福建省工艺美术研究院研究员。

岁月失语，唯瓷能言

林 凌

> 心之所向，素履以往，生如逆旅，一苇以航。
> ——七堇年

我已经全然忘记那时是以怎样的心情观赏它的，只觉得身旁仿佛杳霭流玉，眼前竟不自觉地浮现出邱双炯老先生正襟危坐的模样。

细琢

初次遇见邱双炯先生刻刀下的关二爷时，才猛然体会到"千万雄兵莫敢当，单刀匹马斩颜良"的恢宏气势。就再难以想象这位老者是以怎样的心境来雕琢瓷的。

当布满岁月沟壑的手掌按压在厚重的泥块上，印下深深的掌纹时，陶土不再是陶土，它已被赋予了刻在历史上的灵魂。

我似乎能看见邱双炯先生细琢作品时那庄重神情。满是灰土的双手触上陶泥的那一刻，似乎下一秒关羽就会手握大刀飞奔而来，娴熟地跨上马背，驰骋在这片偌大的疆野，开启下一段新的旅程。

关羽眉眼间的坚毅述说着他在人生逆旅上不断前行的故事。而邱双炯老先生亦是如此。

浮生

关羽手中的偃月刀是他人生的光辉勋章，让关羽以瓷的形式活在这世间是邱双炯先生极致的温柔。

浮生若梦，为欢几何。纵使邱双炯先生用他的一生将历史的生命捏进瓷中，仍是未曾留住那个心有猛虎、细嗅蔷薇的少年。到头来也只得叹一句"星河横流，岁月成碑"。

无法挽回的历史，只得交给瓷器来向后人述说。

旧语

制瓷的历史已有上千年，古人的瓷作讲述着古人的古人，却无不从瓷中传递出岁月的旧语。

制瓷的工艺一代代地流传下来，即使千年前塑造历史的制瓷人已去，瓷的道路仍薪火相传。开窑的那一刹那，多少古今爱恨融进瓷中，电光火石间，迸发出多少岁月旧语，像是要与我述说着古老的黄昏。瓷作家将历史的长河引进这朴素的陶土中，将种种过往烟云掩埋在这人间烟火里。

不论是当年意气风发的关二爷，还是已不再年少的邱双炯老先生，对心之所向或许都有着无问西东的坚定。

残曛烛天，暮空照水，再回过神来天色已晚。冯骥才先生将往昔岁月刻进石头里，而我将无尽青春希冀藏进故乡的瓷中。

（指导老师：梁紫源）

《关公》/ 邱双炯

邱双炯

高级工艺美术师、中国工艺美术大师、当代知名雕塑艺术家、德化县凤凰陶瓷雕塑研究所主人、德化县陶瓷文化研究会会长。

瓷之魂

林宇翔

始于土，成于火，明如镜，洁白似玉，宁碎不折。这是我对陶瓷最初的印象。我始终认为陶瓷是有品格的，每个陶瓷作品都有专属于它的灵魂，都存在着它们独一无二的性格。每一尊陶瓷都凝聚着雕刻者的心血，是他们的生命在这世间的另一种存在形式。

当我初次见到柯宏荣大师的作品《天鹅湖》，我心中所留的，唯有震撼。那是一种洁净的、没有丝毫杂质的、动人心魄的美。三位舞者立在大地之上，双手高高托起，仿佛全身所有的力量都汇聚到了手部，凝聚出了一种震撼的、令人深深陶醉的美。而这作品中所蕴含的，不仅仅是历史上数千年的传承，还是一种独一无二的灵魂的绽放。

瓷，始于土。每一尊珍贵的传世瓷器，最初都来源于泥土。大地赋予了它们新生，也同样赋予了它们灵魂蜕变的机会。一块块瓷土，在工艺大师的手中，或化为宝塔，或化为佛像，或化为人物，或化为花鸟鱼虫。大师们在用自己的灵魂，拿着小巧的刻刀，在瓷土上雕刻着他们对自然的理解，对生命的感悟。有人说，真正用心制作一尊瓷器时，瓷器上也将留存有雕刻者灵魂的印记。

瓷，成于火，明如镜。要成就真正的瓷器，就必须经受烈火熊熊的考验。瓷坯借由火完成一次真正的蜕变。当熬过这次的考验，它们就将成为真真正正的瓷器。所有来自泥土中的杂质与不足都将被彻底去除，洗尽铅华，所剩下的是一尊尊明如镜、白如玉，令世人无比推崇的珍品。至此，陶瓷真正的品格——宁碎不折方能在它们身上得到真正的体现。

柯宏荣大师出身于一个普通的制瓷家庭，他对于陶瓷的热爱与坚守、勤奋与探索，促使他研发出数种制陶瓷新手法，也让他创造出令人无比震撼的作品。《天鹅湖》所蕴含的那种不退缩的意志，对美的追求都令我无比震撼。

烈火铸匠心，丹心造瓷魂。流传千载，传承百万，瓷魂，不仅烙印在了瓷艺术之中,也烙印在了我们每个人心灵的深处!

(指导老师:赖爱梅)

《天鹅湖》/柯宏荣 陈桂玉

柯宏荣
　　高级工艺美术大师、中国工艺美术大师、中国陶瓷艺术大师、福建省工艺美术大师。

陈桂玉
　　高级工艺美术师、中国陶瓷艺术大师、德化瓷坛青年雕塑艺术家、瓷雕工艺美术大师。

梦人间，唯遇师则幸

董怡楠

灯火纸窗修竹里，琅琅书声留意。一个挺直的身躯，站立在庄严的讲台上，以正气之风，塑卓越人格。

世有清风雨露，辗转回首之间，徒步旅行在人间的我们，只见人潮流转，哪知清风过身畔，雨露洗尘心。平日里，老师赐予我们净土，赋予我们养料。在徐徐微风之中，我们沐浴着诗词的金风，品味着文学的玉露。在老师辛勤指导下，我们播种出属于自己的人生果实。

师者，如春风化雨，润物无声；师者，如灯塔指路，循循善诱。他们备有孔圣人"学而不厌，诲人不倦"的伟大修养，怀有陶行知"捧着一颗心来，不带半根草去"的人生信仰，塑有徐特立"忠贞为教，严谨治学"的优秀品格，既与世独立，又与世相符，冥冥之中似有预示，给他们注入高尚的师德和诲人不倦的信念，以青春的光芒换来桃李满天下的佳景，在蔚蓝的天空中掠过一道最美的弧线。

又是一年长空鸣雁，又是一年芦花飞扬。于忙忙碌碌的脚步中，世间的美好，化作繁华，藏在喧嚣里，满目见了缤纷，充耳盈了万籁。师德在此间绽放出别样的烟花，给寂静许久的夜空增添了几分色彩。

又是一年霜风雨雪，又是一年桃李飘香。于起起伏伏的人生中，无数次日出日落，笼罩万生，又无数次赐予希望的光芒。当我们迷茫、企图放弃之时，一代代师者挽我们于万山，引我们于大道。在弥散着雨后清香的路上，我们因师而得以更好地前行；在飘荡着秋叶的林间，我们因师而得以更好地体会。师恩重如山，正因如此，尊师的风尚一直流传在世。杨时、游酢在程门前顶雪久候，是因为尊师重节的理念深入他们之心；子贡在面对他人贬低自己的老师孔子以抬高自己之情况时，怒斥对方，是因为老师那太阳般的形象早已烙印在他心中。师予德于我们，我们应以礼回报于他们，这是对我们、对社会最好的回答。

转眼回到现在,国家通过法律手段给予教师合法权利。相对应的,教师地位也在人们心中被抬升上去。当今的世界,对具备高素质人才的需求在不断提高,这就要求教师能以自己之资,从万物入手,授予学生无尽的智慧。

人悄悄地来,亦悄悄地去,不带走一片云彩,唯独留给这世间万般斑斓。我们因遇师则幸,而他们也因德而永驻。

(指导老师:赖爱梅)

《至圣先师》/ 李甲栈

李甲栈

高级工艺美术师、福建省工艺美术大师、福建省陶瓷艺术大师、中国传统工艺美术大师。

瓷韵生花，匠心永传

陈海欣

在灵巧的双手中被千雕万琢，从熊熊火焰中脱胎换骨。莹白如玉的身躯，精致生动的表情。你是那涅槃而生的九天之上至高的女神，与你同样美的，还有你背后的人。匠心独运，用心铸就瓷韵之花，芬芳永留。

你始终昂着头，高高举起手臂，是用心血浇灌出来的花朵。白鹭女神，作为国礼，你是柯宏荣夫妇用心雕琢的见证。优美舒畅的身姿、流畅的纹路、旁边惟妙惟肖的海鹭……你身上充满着自然的自由之美。手持稻穗，把丰衣足食的希望撒向这片大地。你用优美的身躯，惊艳着每个为你痴迷的人。

你是美的花朵，你背后的人是更美的园丁。《白鹭女神》这个作品，是柯宏荣夫妇经过无数次的实验，仔细钻研，烧了几十件才得到的成品。高举的手臂处于架空状态，在窑炉的高温中烧制时极容易塌陷或变形，很难掌握好平衡度。夫妇俩一次次调整高度，精益求精只为避免任何瑕疵，以确保女神优美的体态。若没有他们细致入微、一丝不苟的匠心，哪有如此精妙绝伦的工艺品呢。唯有匠心，才能使瓷韵永存。

这就是工匠精神，是全身心投入一件事中仔细琢磨，是面对困难始终咬牙前进充满着执着攻克的决心和毅力。正是我们身边有无数像柯宏荣夫妇般的大国工匠在日夜耕耘，我们的祖国才能越来越进步、繁荣。这不仅是一个人做事的态度，更是一个民族团结一心，一齐向前的强大精神力量，是我们每个人，在做每件事时都应去追求的。我敬佩他们，为他们永不停息的奋斗和创新。

柯宏荣夫妇还创作了不少精美的作品，许多都是来源于中国传统文化，有着丰厚的历史底蕴，又用新的方式加以传承和创新，使其绽放出更闪亮的光泽。不管是《天问》《老子》，还是《天鹅湖》，这些工艺品已经充当这新时代文化传播的新媒介，更好地诠释了泱泱华夏的悠久历史文化和其他的各种文化传承，诠传统旧意，创时代新篇。这是工匠们的无上使命。

用瓷土煅烧成不仅是那如玉般的精华,更是那一颗颗火红的匠心。瓷韵生花,他们必将随着时代的变迁奏出更美的篇章,他们必然永垂不朽。

(指导老师:赖爱梅)

《白鹭女神》/柯宏荣　陈桂玉

柯宏荣
　　高级工艺美术师、中国工艺美术大师、中国陶瓷艺术大师、福建省工艺美术大师。

陈桂玉
　　高级工艺美术师、中国陶瓷艺术大师、德化瓷坛青年雕塑艺术家、瓷雕工艺美术大师。

唯愿四海升平

吴雅琴

日升月潜，沧海变迁，和平却是亘古不变的主题，犹如一颗璀璨的恒星在宇宙闪耀。当代陶瓷名家郑志德先生的作品《愿，和平》再次体现了这一主题。

《愿，和平》属《百家观音》系列中的一支，这座观音脚踏龙鱼、手秉荷花，身姿袅娜，仿佛置身于汪洋大海，真诚地希望将和平送到世界的每一个角落。我想，这就是作者创作这幅作品的初心，以谐音"荷"代替"和"，构词巧妙，更显心意。

忆春秋战国，诸侯争霸，战火纷飞，百姓流离失所，这才有孔孟的儒家思想，提倡"以仁治国"，道出了多少百姓的心声；后秦皇汉武，天下一统，盛世始现，而后又历经三国唐宋元明清，分分合合，令我不觉想起《三国演义》的开篇"天下之势，分久必合，合久必分"。但即便分合交替不止，和平的理念也始终贯穿其中，不然何以有杜甫的"白头搔更短，浑欲不胜簪"、常建的"天涯静处无征战，兵气销为日月光"、卢纶的"旧业已随征战尽，更堪江上鼓鼙声"……在一众名诗名画中，郑志德先生的作品的出众之处就在于他使用的白瓷工艺，这可是世界陶瓷之都德化传承千年的工艺，细腻柔美的线条，晶莹剔透的瓷器，并加上现代的工艺。

在纷乱的年代，盼望和平的诗作有它的特定的作用，在现今这样一个和平的年代，这些诗作也能发挥与之不同的作用。狼烟四起时，那些作品展现了人民的愿望，反映了时代的需求；而在如今和平的中国，人们早已不识硝烟的模样，也愈发不识和平的美好。因为习惯性的拥有会让你觉得这是一种常态，所以我们更加需要这种艺术性的作品的警示作用。其实，不论是诗词画作，还是陶瓷艺术，抑或是面对危机的切实行动，都是中华民族精神内核中"渴望和平，维护和平"的折射。

正所谓精神指引行动，行动反映精神。《愿，和平》就可以起到思想引领的作用,这便赋予了它现实的意义。

就如毛泽东所说:"全世界一切被压迫人民和被压迫民族联合起来,一切爱好和平国家也要联合起来!"让我们执彼此之手,心中唯愿四海升平,共赴属于我们的长征路途吧!

(指导老师:赖爱梅)

《愿,和平》/郑志德

郑志德
　　国家一级(高级)技师、高级工艺美术师、福建省工艺美术大师、福建省陶瓷艺术大师、全国陶瓷行业技术能手。

遇 见

温佳怡

午后，我们一行人来到了德化科技园的聚玉堂。琳琅满目、各具特色的瓷器，各自站立在它们的位置上，或雍容富贵的帝王之像，或仙风道骨的神明仙子，或精致细腻的花瓶容皿……无不令人叹为观止其手艺之精妙。如此令人应接不暇，以致我总是迫不及待地想去领略下一位的风采。不知欣赏了多少华美的瓷器，当我再次移动脚步时，就在那一刹那，我愣住了。映入眼帘的，并非仍是绚丽的色彩与繁细的笔墨，而是素雅！一小桥、一流水、三行人、三客雁、三两人家……静静地飘落在无际的流水之上，无言亦无语，无言却似千言万语。

那青砖绿瓦铺就的小桥上，是否有着丝丝清凉？是否聆听着水儿潺潺流下的哼吟？我轻声询问，一阵沉默。我静静地等待着，凝视着它那因岁月风雨留下的疤痕，仍旧是一片寂静，或许它不屑于回答我的疑问，又或许这即是它予我的答复。我将目光移转至那三位行客，左右两人装束相同，皆身着红衣，侍立左右。我心中暗想，这两人应当是那中间之人的侍婢。似乎她们也听不清我的呼声，她们默默地侍立左右，似乎对外充耳不闻，我终究是不知她们是有言不敢语，还是无言亦无欲语。

而那中间之人，身着一袭翠衣，手执一把红艳的油纸伞，静静地看着远远逝去的流水，一言不发。或许，在那纤弱的背影下，一双杏眼早已蓄满了滚烫的泪水。又或许，她早已呆滞，深陷在无穷无尽的滚滚浪涛中。风轻轻吹过，她仿佛就是那位多愁善感的林姑娘，面对坎坷不平的漫漫前路，回望过往的惆怅心酸，她一手撑伞，一手拈花，任往事如烟，任泪水零落……却是最终也不肯多言一语，唯愿与流水岁月静静地沉默，与清风月色悄悄地流淌。只是不知，来年春风吹绿江南湖畔之时，风中是否依然携杂着她那轻轻的叹息。

我不禁低头陷入深思。

不知过了多久,当我再次抬头仰望时,那娇弱的林妹妹早已没了身影。而那一袭翠衣的女子,似乎是位奔波已久的江湖浪客,而她曾仗剑天涯的古道西风瘦马,而今也已成了小桥流水人家。或许她眼底的滔滔流水,早已成了她一生的缩影,如今她身处这万里河山,望眼这万家灯火,她心中暗自许诺,冀不再辜负这朝暮四季里的一花一叶……

"月光要来温酒,山色殷勤劝杯,酒可以不饮,醉,岂能不醉?"此时此刻仿佛我即是那翠衣女子,上方是青冥万里,下方是滚滚江河,手中或拈花或执剑,内心干净得像是待装满水的空碗,春观夜樱,夏望繁星,秋赏圆月,冬俟初雪,将思绪肆意洒落在风里。或许千年以后,旁人撑伞过桥时,会有一缕温柔的暖风,风中或许夹杂着我的呼吸,它轻轻拂过,在她的耳旁或沉默或耳语,以世人皆不知情的方式,代替我,融化在风雨里,吹拂山与河,成为在这纷纷扰扰的人间,我曾来过的最好证明……

当我回神之际,眼中噙满了不知来处的泪水。这样的美景,在这样温润的瓷上,在这昏黄的暖光里,正慢慢地向世人讲述着这样美丽的故事,这样一个不知起始也无论结局的故事。是啊,是瓷定格了它,守护了它,讲述了它,让它在岁月风雪的冲刷下依然绚丽有光;它也依靠着瓷,热爱着瓷,成就了瓷,让瓷在时间长河的流淌中逐渐熠熠生辉。人间灯火从未曾灭过,可掌灯之人却是早已不知下落,他们接力传承,如同我们从风中降落,赤裸裸地来到人间,一边拾起,一边丢落,最后的最后又赤裸裸地回去。可那一花一叶、一木一草,早已记载了我们的气息。而今,这瓷悄悄地记载下了人生的美丽,它是那承载漫天星光的银河,是时光漫流里承载千万心愿的许愿瓶,是人们共情的支柱,是时代交流的使者,是千千万万的心之所想……

或许啊,就在百年之后,我们的儿女恰好也与这瓷相遇之时,恰好在那翠衣女子上发现我的身影。在千年之后,我们的后人恰好在这瓷上嗅到我们的气息,无须言语诉说着我们各自的美丽,只需将它沉淀在下一场风里,沉默寂静。

(指导老师:赖爱梅)

李松川
德化瓷器工艺美术大师。

《在水一方》/ 李松川

寻 瓷

张炜杰

灯光映着她的姿态,月华洗着她的秀骨,以舞动的火焰烘托她的盛年,以陶醉的眼神望着她的美丽。冲着瓷,我来到展厅中。

观瓷

灯光照映下的瓷更显美丽与曼妙。有灯光衬着的那部分,反射出一种如脂似玉的白,映入眼中,藏于心中;无灯光修饰的一部分,也没有因没有光而黯然失色,而是在黑暗之中,花朵表达它的含蓄,舞女展现她的舞姿。光明与黑暗的交织,才是完整的瓷器给予人类的美学的馈赠,才能给人带来心灵上的冲击。

赏瓷

瓷向来是鄙夷鸢飞戾天,心浮气躁者的。它们往往只是粗略的"一揽全局",只求个大概,瓷只会吝啬在它们面前表现它的美。仅有静下心来,凝望陶瓷,它才会在你面前展现它的韵味,似垂非垂的叶子,含苞欲放的花蕊,躺椅上慵懒的身影,都会使你在凝视端详赏瓷的同时会心一笑,瓷所带来的生活的情趣也就蕴含在这微笑之中了。

传说上古时期,女娲以泥土捏造出人类,自此又有了万物。陶瓷的生命如同传说中的人一样来源于泥土,泥土孕育了陶瓷的生命,也孕育了万物的生命。若地球上没有人类,地球将会黯然。若人类没有陶瓷,生活便会少一分情趣,少一分自在。一株小草会因一滴雨露而重焕生机;一朵小花会因一丝阳光而盛开;一只小鱼会因一抹朝阳而从冰河中解放。生命既然存于这个世界上,就一定有其存在的意义与价值,以及使其继续生存下去的条件。纵然不过泥土,或许生长庄稼,或许变为陶瓷,都是生命的奇迹,生命的创造。

凝视陶瓷，我也在凝视着生命。

得瓷

"玉不琢，不成器。"瓷也如此，瓷从泥土中来，变成瓷坯，最后要从炼狱中走出，于火中涅槃，才可脱胎换骨，成为如脂似玉的陶瓷。如赴前世的一场邀约一般，瓷在火中的煎熬、涅槃如同它的宿命，是其一生的考验，坚持下来，便是世人称颂；经不住考验，化为碎片，在火窑中告诫晚辈。可也正是因为火，瓷才有了如此之光彩夺目。多亏火，瓷才有了如此之韵味；感谢火，生命才有了彼此的相遇。

仔细一想，人也未尝不是同瓷一般呢？屈原曾言："路漫漫其修远兮，吾将上下而求索。"人要在漫漫人生路上，经历一次又一次的考验，一次又一次的挫折，才有生命的绽放，才有生命的奇迹。瓷与火中涅槃，人于火中重生，人与瓷正是一场生命与生命的相遇，我想这便是我从瓷中得到的答案。

（指导老师：赖爱梅）

《和谐盛世》/ 杨剑民　杨东旸

杨剑民
　　福建省高级工艺美术师、中国陶瓷艺术大师。

杨东旸
　　高级工艺美术师、福建省工艺美术大师、德化三羊陶瓷研究所所长。

美得诗意、土得掉渣的"猪油白"

施 佳

中华大地历来精于陶瓷艺术，无论器型釉料都不乏经典，但人物雕塑无论石雕、木雕甚至玉雕，比例结构自宋代以后，逐渐式微，到了后世更有"粗大明，呆清朝"的贬低形容。

但五百年沉浮，一个流派悄然诞生。

在那个闭关锁国帝王不理朝政的时代，一个中国南方小城里，一个默默无闻的少年，凭借一己之力、一种风格，造就中国瓷塑史上不朽的神话。500年后的今天，他的作品依旧可以打动观者，无论你是否是行家。作品被历代收藏家追捧，他就是——何朝宗。

何朝宗留给后人的并不多，十几件作品散落在地球的各个角落。其中一件最负盛名的《渡海观音》便在香港佳士得拍卖会上以1633万元人民币成交，这是德化白瓷拍卖的世界纪录，更是德化白瓷再次立足于世界的靓丽的名片。

何朝宗的《渡海观音》有一种奇怪而又神秘的力量，吸引着我们驻足欣赏。那尊观音像既没有青花瓷的精细繁杂，也没有唐三彩的绚丽夺目，静静地立在那儿，仿佛在审视这世间芸芸众生。其发髻高束，低首垂目，面形端庄素净，胸前璎珞珠配衬托。从中或多或少地感知了一些盛唐佛像的影子。华贵而肃穆，平易近人但又不食人间烟火……

再望渡海观音，洁白的身型早在脑中刻画成。何朝宗的瓷塑胎骨细柔坚致，俗称"糯米胎"，又戏称"猪油白"，虽然它的名字接地气，但成就却是无人能及。晶莹的光泽、匀厚的釉水，与胎骨浑然一体，在灯光底下竟能呈现出温润的玉质感。衣纹褶皱、发丝飘带、漾漾海波皆如风如水如煮熟的饺子皮，千回百转，美得惊心动魄，动态十足。似乎那种好看是很难用语言来形容的，是很难通过图片共情的，唯有亲眼见着了，才能够领悟其通灵之感、雕刻之妙。

最后遥看，惊艳的不再是作品本身，透过圣洁的佛像，看到的是何朝宗一日一月地静坐案前，手中执着一把再普通不过的刻刀，眼神坚定的样子。他一遍遍地修改，一次次耐心地打磨，对观音的神态和动作进行细致地刻画。从倒模到塑形，再到取坯雕刻，一工一序，一技一法，是一尊作品背后再普通不过的操守，是对陶瓷雕刻的热爱，更是对人生价值的诠释。何朝宗用一尊渡海观音，成就了旷世绝作，为后人景仰。

对于每一门手艺，大概都有这样一种人，他们视自己的工作为一种涉及灵魂的东西，不慌不忙，耐心打磨，他们总像神一样支配着自己的时间，仿佛在技艺中得到了永生。何朝宗成就了"猪油白"，"猪油白"也成就了何朝宗。愿世人记得渡海观音，记得小城里喜爱陶瓷的翩翩少年。

（指导老师：赖爱梅）

《渡海观音》/ 何朝宗

何朝宗
　　又名何来，明代瓷塑家，江西临川人，生于福建省德化县浔中镇隆泰后所村。

梦 遗

林 晗

暗闻歌吹声,知是长安路。千年前的夜色如水如今也能触碰,八水环绕的古都历经岁月流转仍不曾逊色。今宵酒醒无梦,杯中明月分外夺目璀璨,沿着掌纹烙着宿命,我们要回秋香色的故乡。

香烟馥郁,箫鼓喧阗,灯火盈门,笙歌迭奏,朝望锦绣成堆,夜闻竹箫伴歌,熙攘繁盛光耀万年,这便是到了长安。

上元

上元灯节,于京师安福门外作灯轮高二十丈,衣以锦绮,饰以金玉,燃五万盏灯,簇之如花树。太上玄元灯楼下人潮汹涌,不远处深蓝色的天空亮起焰火,人群中迸出起起伏伏的惊叹。

麟德殿内夜宴方拉开序幕。琵琶声动荡,玄机被暗藏,殿后有伶人在唱,唱词无非是歌颂盛世,感慨乐宴云云。座下群臣看似其乐融融,互相敬着酒,实则针锋相对的也不在少数。红烛被点亮,屏风外透出光线,觥筹交错间谁的眸光闪烁,看似醉了又带着几分清醒。有几人凑在一处窃窃私语,被主位上的目光扫过便立即装模作样举起杯盏;有人醉心于殿前的翩若惊鸿,入迷时甚至忘了饮酒。有人醒着,有人醉着,有人在等,有人一直没来。共饮在这宴上,长案的繁象绚丽的空荡实则不平常。时不容我,韬晦之略便要埋于声色犬马之下。

我眼前却拉开一个长镜头。麟德殿灯火通明,殿外的玉阶,今夜没有宫人的木屐响起。上元夜万人空巷,此起彼伏的焰火,皓月当空不曾逊色。万头攒动,火树银花之处不必找我。

千秋

唐开元十七年(597)八月五日,玄宗生辰。入夜,花萼相辉楼才悄然绽放。《明皇杂录》中记载："大陈山车旱船，寻橦走索，丸剑角抵，戏马斗鸡。又令宫女数百，饰以珠翠，衣以锦绣，自帷中出，击雷鼓为《破阵乐》《太平乐》《上元乐》。又引大象、犀牛入场，或拜舞，动中音律。"大宴之上，满座绣衣，佳肴名膳，歌舞百戏，竞相媲美。除此之外还有颜真卿的书法、吴道子的绘画、公孙大娘的舞蹈、念奴的歌声、李龟年兄弟们的演奏表演……"八月平时花萼楼，万方同乐是千秋。"张祜诗中描绘的便是当年的盛世场景。

夜深露重，但人们的兴致远盖过寒夜的冷气。宴席散去是什么？百姓回到熟悉的寻常巷陌，万民同乐的那一日已过，天子本该是端坐庙堂之上受庶民朝拜，岂能着金玉衣衫入百姓茅舍。那一日的极乐常与往后的衰败对比，繁华散尽，马嵬坡下的香消玉殒，祸乱起本不是因她，真正罪魁祸首却在她身旁淌下几滴泪，其中有多少是真心那也就未可知了。其实也是爱《长恨歌》的，只是喜欢其恨，不爱其美。

千秋之后本以为能留住千秋，留下的却只是叹息，盛世的叹息。

楚狂

乘一叶扁舟而来，仗剑沽酒，一折纸扇立船头。许是碎叶城的山水赋予了他不羁性格，壶中玉醅新酿，只消一口足以才情恣肆。云因白首醉卧而可揖清芬，剑因佳人矫舞而可动四方，酒因八仙畅饮而可睨天子。骑白鹿以访石山，辞彩云而泛轻舟，登黄鹤而吹玉笛。纵有昭昭若明星之德，日月齐辉之才，"大道匡君，示物周博"的抱负也难实现。

贵妃为他碾墨，高力士为他脱靴，无论何处都有人追捧，名满长安的日子，多少人艳羡的日子，他不喜欢。不开心，所以就要离开。这怎么能说是逃避？趋利避害本就是人生存的本能。

后来的孔庙，列圣列贤沉默伫立。有一位隐者自称楚狂，醉了之后便更加狂妄。满不在乎指着孔圣人笑骂，醉倒在殿前的地上，四周目光悲悯，他盼着有人给他救赎，但没有人来。

瓷语生辉

不如去求仙问道，他想。于是齐州也有了他的足迹。可是成为道士也没有让他多开心一点。

"吟诗作赋北窗里，万言不值一杯水。"牡丹被夜禁在长安的繁华，佛经里的"如是我闻"不写世俗，他怎甘沉默，又怎甘平庸？

日行月随，分不清哪里是永昼，哪里是永夜。时间不会对任何人用情，为任何一代皇朝效力。过往被湮没在时间长河，但仍有人能够使之不朽。匠心独运雕刻出千年前的人间百态，高温烧制之后的透亮莹润该被永远珍藏。望着眼前的瓷，思绪由盛唐飘忽至现世，夜色如水，归途上有星火点点。

（指导老师：赖爱梅）

《八仙过海》/ 赖礼同

赖礼同
中国工艺美术大师、中国陶瓷艺术大师、享受国务院特殊津贴专家、全国劳动模范、大世界基尼斯纪录获得者、福建省德化县博古陶瓷研究所艺术总监。

《梦回盛唐》（组瓷）/ 陈仁海

陈仁海
中国美术家协会会员、世界华人杰出艺术家、福建省高级工艺美术师、德化县文联秘书长、中国白艺术宫馆长、辛默楼陶瓷研究所艺术总监。

《大道匡君》/ 林建胜

林建胜
高级工艺美术师、国家一级（高级）技师、中国工艺美术大师、轻工"大国工匠"、全国技术能手、福建省陶瓷艺术大师、福建省非物质文化遗产项目德化瓷烧制技艺代表性传承人。

古时圣人，今日匠人

陈吕萌

  文庙是庄严的。砖红的墙，青灰的瓦，如忠诚的侍者，为那圣人挡去俗世的喧闹。又如虔诚的教徒，在丝丝缕缕的香中沉思……唯有那几尾红鲤仍悠然自得，一尾轻摆，搅碎了桥上多少满怀憧憬而微微发红的脸庞。而这《万世师表》的孔子瓷雕，便是那文庙的灵魂，那重如千钧的点睛之笔。

  只需不经意的一瞥，没有人能在那抹圣洁的白面前移开视线。是的，白——不是石像的浑厚，也不是彩雕的浓墨重彩，虽不摄人魂魄，但也足够夺人目光。比和田玉更加温润，比百合更加生机，比婴儿的脸更加娇嫩，不似那僵硬的白墙，而似那月儿的宠儿，洋溢着人间清辉似的美好，诉说着那孔圣人的高洁。使人屏息，使人惊艳，使人惊叹，更使人心向往之。它就在那，遗世而独立，只可远观而不可亵玩，呼吸之间，仿佛就可羽化登仙，徒留一屋的回味无穷。这抹白，白得令人觉得只有它才能衬得出那万世师表的高尚，传递出那历久弥新的思想光辉，令人心悦诚服，却也不过分惊奇，而是理所应当。毕竟，这是用4吨白土，在特地定制的高昂的窑中历尽蹉跎、呕心沥血才磨出的这么一尊，这怎能不白呢？在多少兢兢业业的德化工匠中反复塑形，这怎能不白呢？承载着德化各界人士的殷切期盼，它怎能不白呢？

  近看，细览其形，其虽无白鹭女神那般栩栩如生，下秒仿佛就要走动；也不似那天鹅湖中的少女的裙摆那般薄如蝉翼，似起起伏伏的浪花，更似蝴蝶的翅膀，在人们的心海泛起涟漪，荡起无限欢喜。但它的存在，本身就是个奇迹，陶瓷界所向披靡的存在。那伟岸的身姿，是新的珠穆朗玛峰。2.2米，令国内名声大噪的景德镇都认定的不可能，却在德化匠人的手里出世，它的高度，是在无数失败后仍撸起袖子加油干中沉淀的，是在无数改良时的思想碰撞中奠基的，是在无数实验的漫长时光中垒起的，更在多少德化工匠担起责任，不计报酬，只为家乡争口气中铸就的！小小的竹片在工匠手中上下飞舞，削出巍峨的身姿，勾出翻飞的衣袂，勒出古时圣人智慧的眉目，让圣人

瓷语生辉

的目光洒向万千个期盼的面庞，更与匠人越过历史的长河，遥相对视。

今天，文庙仍香火不断，寄托着小县城的人对美好明天的向往。那抹德化白，双手交叉，迎接着各方来客，无言述说着德化故事。

定睛一看，底座上刻着四个遒劲有力、金光闪闪的大字——万世师表。

当时前来烧香的我，心中微热。万世师表，这可真是个万世师表！

（指导老师：赖爱梅）

赖礼同

中国工艺美术大师、中国陶瓷艺术大师、享受国务院特殊津贴专家、全国劳动模范、大世界基尼斯纪录获得者、福建省德化县博古陶瓷研究所艺术总监。

许兴泽

中国工艺美术学会会员、高级工艺美术师、中国陶瓷艺术大师、泉州市优秀拔尖人才、陶瓷工艺美术专家。

《万世师表》/ 赖礼同　许兴泽

踏雪寻梅

陈琚灵

  风萧瑟，雪漫漫。小木屋里孤灯昏黄，给人些许的暖意。

  "咚！咚！咚！"急促的敲门声将我惊醒，我赶忙披上长袍，满心疑惑地跑去开门。门口站着一位男子，身披着雪，一身寒气直逼着我，我不禁打了个哆嗦，赶忙邀他进门，给他温了一壶热酒。问其姓名，男子告诉我，他名浩，字浩然。闻言，我不禁大吃一惊，难以抑制的激动之情染上眉梢：这可是名动天下的孟襄阳啊！我难掩兴奋，却又不禁感到奇怪，"浩然兄，你为什么要在这寒冷的冬天上这片梅林来呢？"浩然靠在暖炕上，仰起脖子将杯里的热酒一饮而尽，不住地喟叹一声，半眯着眼，缓缓地说起了他的故事。

  好友王维自长安而来，他为其接风洗尘，还邀请了几位诗人相陪。起初，觥筹交错，好是热闹。后来下起了小雨，王维望着细雨斜斜地织上山头，便提出以雨吟诗。"我那时很爽快地答应了，题了一句诗'千瓣梅花傲霜雪，春笋遇雨日三尺。'友人纷纷夸赞我，我也自认为高妙，可听完王维所题一句诗，便觉自己和他的两句诗可谓云泥之别。"这使我更加好奇，我急忙追问王维所题诗之内容。浩然笑着，将手枕在自己的脑下闭着眼喃喃道："'积雨空林烟火迟，蒸藜炊黍饷东菑。'多妙的诗句啊！"我也不住地点头附和。

  那一晚，我和浩然聊了很久，他说他后来向王维请教，王维只是告诉他："万字千词任其用，诗之精灵在四周。"他自己也深知蜡梅往往是冒雪开放，又偏偏绽放在那偏僻无人之处，想要看见蜡梅又岂是一件容易的事。所以他便想着踏雪寻梅，去看看真正的蜡梅。听完浩然的故事，我对他踏雪寻梅有了极大的兴趣，便提出与浩然结伴寻梅，浩然想也没想就应下了。

  这一晚，又是一场大雪，地上又盖上一层厚厚的白雪。

  清晨，我草草收拾了行囊，便同浩然一起出发了。我们继续往深山里走去，茅草屋变得愈来愈小，变成一个点，最后埋没在茫茫白雪间。我同浩然走了很远的路，雪水早已浸湿了鞋子，脚已经冻得没了知觉，可依然不见蜡梅的踪影。刺骨的寒风慢慢地卷走了我继续坚持的意志，我望着眼前看不到尽头的皑皑白雪，不禁长叹一声，试探地询问浩然："浩然兄，你找了这么久，还是没见到蜡梅吗？"浩然颔首。"那你为什么还要继续寻梅呢？"我终于问出了心里最想问的话。孟浩然沉默片刻，伸出满是冻疮的手，指着前面看不到尽头的一片雪白，轻轻说道："你看，这地上积的雪，多美啊！这么美的雪，蜡梅怎么会舍得不出来欣赏欣赏呢？"说完，他便自顾自地往前走了。此时的浩然，浑浊的双眼却笼着满心期待的光芒，又哪里看得出这是一个在寒风中徒步走了很久的人呢？

起初，我不懂浩然话里的意思。直到我们又走了很远的路，看到了皑皑白雪中娇艳的几抹红色。

我和浩然在离梅花几米的地方就停了下来，在我们的另一端，梅花敷衍数枝，展清枝，开得高洁，也开得无畏。几枝娇艳的蜡梅衬得白雪更加温柔，而无尽的白雪更衬出梅的艳丽，周围的天寒地冻更衬得蜡梅的一身傲骨。

梅与雪，红与白，娇艳与纯洁，神奇的大自然将其巧妙地结合了在一起，梅与雪更衬得出万物之灵，自然之妙。而此时的浩然，直直地站在雪地上，目不转睛地望着在雪中纵情绽放的蜡梅，满心的欢愉溢于言表。看着蜡梅花开，晶莹的泪花在浩然眼中闪烁着，他似乎听到梅在赋诗："菲是乾坤无情物，我自清气待高士。"

突然，浩然的身影渐渐模糊，那娇艳的梅花和漫天的白雪也渐渐消失了，我猛地睁开眼，刺眼的阳光使我清醒，方知这一切原来都是梦。而眼前是一件精美绝伦的《踏雪寻梅》白瓷艺术品，我看着它出神，仿佛又看到了那个漫漫大雪中孑孑独行的身影，童子口中大声诵读的打油诗在耳畔响起，回荡在山谷中，悠远而清晰："数九寒天雪花飘，大雪纷飞似鹅毛。浩然不辞风霜苦，踏雪寻梅乐逍遥。"

（指导老师：张志宏）

《踏雪寻梅》/ 黄翠萍

黄翠萍

高级工艺美术师、泉州工艺美术职业学院副教授、福建省陶瓷艺术大师。

勇敢的前行者

——记苏桂竹老师瓷盘画作

罗海澜

"北风卷,关山月残,梦醒五更灯火寒。"荒无人烟的草原上走过一支长长的队伍,在大红的步撵上坐着大汉王朝的公主——王昭君。

队伍决定今晚在这里过夜,士兵为她撑起了帐篷。她望着漫天黄沙,孤雁南飞,不禁忧思自叹,拿过琵琶,边弹边哼。听见帐内的篝火噼噼啪啪发出轻微的声音,微弱的火光映着她的眼睛闪着光芒。晶莹的泪珠滑过美丽的脸庞。轻拢慢捻抹复挑,悲歌阵阵,南飞的大燕也为之震惊,惊落在漫漫黄沙之上。

苏桂竹老师所画的王昭君肤如凝脂,穿着红色的裘,只身坐在帐篷中,纤纤玉指弹奏着琵琶,似乎能够听见曲中无限的悲凉与哀婉。从你的眼中,我看出了不舍,我只知道江南水乡的花不适合在大漠开花,那冷冽的风会在你的脸上留下道道沟壑。那粗糙的沙粒会使你的双手不再光滑。但是,瓷盘上的你眼神坚定,脸色从容,坚定地看向远方。或许,你已经知道,那广袤无垠的草原才会是你最后的家。只身一人,远离家乡,前往完全陌生的西域,你是多么的勇敢啊!

你带着这颗坚毅的心,迈着坚定的步伐,温暖了这些骑士战马上的北方儿女。你用满腹的经纶将他们教化,用温柔的手掌抚摸他们的面庞,教会他们织布、绣花、礼乐诗书,甚至君臣父子之道,将匈奴与大汉紧紧相连,因此你受到当地百姓的爱戴与尊敬。

你为了家园的和平和地区的和平主动献出自己的一生,以大局为重,忍辱从胡俗,维持了七十年的和平,使汉匈两族团结和睦、国泰民安。"边城晏闭,牛马布野",汉室避免了多次战争,匈奴地区也展现出欣欣向荣的景象。不得不说,你是一个伟大的人物,在那样的年代,一个女子能够做到这些是真的不容易啊!你不仅拥有绝世的美貌,还拥有一颗善良的心。

古往今来,多少文人墨客写下多少不朽的诗篇来赞誉王昭君。董必武为她题诗:"昭君自有千秋在,胡汉和亲识见高。"李白写道:"燕支长寒雪作花,蛾眉憔悴没胡沙。"

塞外风沙中柔弱的身影,携一琵琶,穿一红裘,坚定地前行着。为了和平,为了安定,她一步一个脚印,幻化为战争结束的一个标点。"双月还从东海出,明妃西嫁无来日。"

(指导老师:何娴)

《王昭君》/ 苏桂竹

苏桂竹
　　国家一级(高级)技师、中华传统工艺美术大师、福建省工艺美术名人、泉州市工艺美术大师。

不失本色

曾衍蓉

"寒侵病骨惟思睡，花落春愁未解酲。喜共紫瓯吟且酌，羡君萧洒有余清。"瓷，中国传统文化的载体之一，易碎，也不易碎。易碎的，是脆弱的外表；不易碎的，却是多年的传承与创新。

在博物馆的参观中，一件又一件的陶瓷艺术品映入眼帘。但令人不解的是，在应接不暇的众多艺术品中，朴实无华的釉下彩瓷器却能令众多大师青睐有加。

釉下彩是瓷器釉彩装饰的一种，又称"窑彩"。釉下彩是陶瓷器的一种主要装饰手段，是用色料在已成型晾干的素坯（即半成品）上绘制各种纹饰，然后罩以白色透明釉或者其他浅色面釉，一次烧成。烧成后的图案被一层透明的釉膜覆盖在下边，表面光亮柔和、平滑不凸出，显得晶莹透亮。据讲解员介绍，这种瓷器一旦描绘好再上釉烘烤，其图案的发展变化是不可控的，因此这类产品的成品难得。

小小的瓷瓶竟有如此大的学问与工艺，据说这类瓷器自汉末三国时期就已有，而那时，这种工艺仅仅用于装饰瓷瓶。

柔美的灯光轻轻地覆在瓷面上，上了釉的瓷在灯光下显得晶莹剔透，些许梅花轻巧地缀在细细的枝上，釉下彩这道不可控的工序，也没让它们褪了色，反而显得更加艳丽、夺目。

涂金旺大师成功地将梅的坚毅表现了出来。真正的不畏艰险不是空喊口号、假把式，而是"既然苦难把我推到了悬崖的边缘，那么就让我坐下了，顺便看看悬崖下的流岚雾霭，唱支歌给你听"的淡定从容，再大的风暴也不会使其失去本色。

定定地注视着这尊瓷器，我的思绪却因此发散。也许，这一尊是涂金旺大师精心描绘，烧制多次而得来的吧。无数次的失败无果，也许令大师感到有所挫败，尽管如此，他也从未放弃，一笔一画尽显心思，一点一滴倾注心血。鲲鹏自有天池蓄,艰险难阻追"星"人,所有的努力付出都不会被辜负,终成其器。

透过历史沉重而朦胧的纱,我看见,古代的匠人们也曾为之迷茫,似飞蛾扑火,追求着那微乎其微的可能性,也许是他们的"痴",感动了上苍,终而得其所愿。

"为觅丹砂到市廛,松声云影自壶天。凭君点出琉霞盏,去泛兰亭九曲泉。"瓷的魅力,大概就是如此吧。

（指导老师：林雯臻）

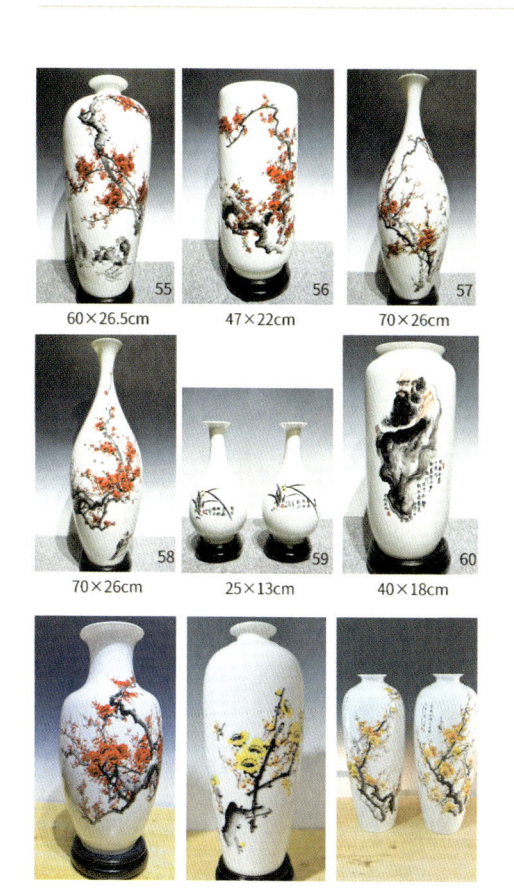

《冷艳》/ 涂金旺

涂金旺

中国当代工艺美术大师、中国陶瓷艺术名家、福建省陶瓷艺术大师、泉州市工艺美术大师、北京三江美术学院客座教授、福建省工艺美术协会会员、福建省陶瓷协会会员、全国陶瓷行业技术能手、福建省技术能手、泉州市技术能手、德化县技能大师、泉州市第四层次高层次人才。

今人不见古时月，今月曾经照古人

林 静

夜深了，我却还没睡着。月光透过窗帘照在了房间里，给房中的一切覆上了一层朦朦胧胧的影。我伸出手拉开窗帘，让自己沐浴在月光中，转头看向窗外，一轮圆月高高悬挂，冷眼看这人世间，转眼间千年过去，它却依然是这般模样。

透过这一轮圆月，不知能否看见古时人的风采？我不禁畅想千年之前的大唐长安城，李白是否也是这样沉醉在月色之中？或许站在长安繁华的街头，或许坐在书桌之前，或许靠在高高的酒楼栏杆上，醉了或没醉，身边有人或孑然一身。他一袭圆领袍衫，手中握着酒杯，微微一笑，提笔写下"青天有月来几时，我今停杯一问之"，油灯下昏黄的剪影奋笔疾书，终又成就一名篇……

我想起前些时日参观瓷展时看到的那两尊白瓷——一尊是李国林大师烧制的《醉卧长安》，一尊是彭成雄大师烧制的《邀月》。这两尊白瓷制作精良，完美地体现了诗仙的风范，令人印象深刻。

《醉卧长安》中，李白醉卧在地，半靠在一个酒坛上，双目阖起，嘴角轻轻勾起，神色安宁平和，犹如在做一场美梦，令人不忍惊醒。我隔着一层玻璃往里望去，李白的衣摆柔软地散在膝头上，服饰的线条柔和又流畅，几乎不敢相信这是坚硬的陶瓷，不过我想这应该也是陶瓷的一种魅力吧。

不同于《醉卧长安》的生动，《邀月》更有一种浪漫风味。彭成雄大师巧妙地将一轮弯月与滔滔江水结合在一起，既是月色也是山景，美得如同梦境。而李白仰卧在明月之上，似乎正在酣睡。彭成雄大师并没有仔细勾画他的面容，而是将他整个人都融入了那一轮弯月之中，令人不禁疑惑，是否这一幅画面都是李白奇特的幻想……

思绪收拢，我的视线又聚焦在眼前的这轮明月之上，它似乎正垂眸看着人间的万家灯火，看人们的喜怒哀乐、怨憎离别。如果它有眼睛的话，或许眼中是无悲无喜的吧？抑或是带着悲悯？我的脑中突然划过一句诗："今人不见古时月，今月曾经照古人。"诗仙逝去已久，我再也不能知道写下这句诗时他在想什么，只能略加猜测，不能否认这也是一种遗憾吧。就在这时，莹白色的月光在我眼前收束，逐渐成了那两尊白瓷的模样，我莫名笑了，在心里默默地想："虽然并不知道他本人的想法，但猜测本身似乎也是一种乐趣哦。"

（指导老师：林雯臻）

《邀月》/彭成雄

彭成雄
　　国家一级（高级）技师、全国陶瓷行业技术能手、福建省陶瓷艺术大师、福建省金牌工人、福建省雕塑艺术大师、福建省陶瓷数字化设计名师、泉州市工艺美术大师、福建省德化永学陶瓷有限公司艺术总监。

《醉卧长安》/李国林

李国林
　　国家一级（高级）技师、福建省陶瓷艺术大师、福建省工艺美术名人、泉州市工艺美术大师、泉州工匠、世界瓷都德化工匠、泉州市德化县国林艺瓷研究所所长兼艺术总监。

痴

林天然

世界陶瓷看中国,中国白瓷看德化。我正出生在这个以瓷扬名海外的县城,可从小到大就见惯了的白瓷碗、白瓷茶杯,我却道不出它的身世来。

有幸受邀,我总算可以探探它们的前世今生。

抵达瓷厂,耳畔便是蝉鸣鸟叫,呼吸的空气清新舒服,不像德化一般瓷厂,在十里开外就有扰人的噪音灌耳,没走近就有浓浓的漆味涌进你的鼻腔。若说其他工厂是制作陶瓷,那么这家瓷厂就是创造艺术。

走进工作室,掀开红幕布,我们目光齐刷刷地迎上去。一排排通身雪白的战马在象牙塔上奔腾。它们形态各异。站在象牙塔顶端的领头马,前蹄腾空,似有登云直上的魄力,亦有傲视宇宙的胆气。后来者怎甘示弱,一匹匹追随的战马,长鬃飞扬,高昂着骄傲的头颅。这支骑兵一个接着一个,一个重叠着另一个,凝成一个整体,飞快地向前推进,那是一幅奔腾的美、力量的美交织在一起的奇异画面。画面冲击着你的眼球,那股向上的力量振奋着你的内心。

从象牙塔顶端的马到末尾的马,每一匹都形态不同,大小不一。从下往上看是从大到小的,视觉上有着从远到近的延伸感,这样的细节令人赞叹,更引起了我们对它们背后故事的强烈好奇。

林建全大师为我们解惑。跟着他的脚步我们来到了四楼。这时,我们仿佛置身于"战马"们的前生。它们的"骨肉"是由泥浆注入的,它的"灵魂"则需要工匠们赋予。看似简单,但火候差之毫厘便是歪了、断了、裂了,功亏一篑。见到那些失败品,我们只觉得可惜,明明基本为成品,可就是一点点温度的差错,只能从头再来。你所见到的瓷,并非捏好放入窑炉烧一烧就可来到你面前。它需要经过万千工序,经过高温火炼,是很不易的。

往前走,我们看到的是烧窑,架子上整齐罗列着各种各样的马儿。在马肚下方垫着些台子,马腿上抵着些瓷块。林建全大师说:"那是防止马腿变形和马身歪掉的。"他上前一步，捻起一块瓷块，像宝贝一样捧在手心说："那虽是我开车沿路捡的破烂，不过对我来说可是宝贝。旁人看了会笑，可是我自己知道自己在干什么。"他看向我们的眼神坚定而淡然。我知道，在追求瓷艺的道路上，大师有着一颗赤子之心。

回到工作室，落座喝茶，我的目光被一尊弥勒佛像吸引。看，弥勒佛笑容满面，盘腿而坐，肉乎乎的胖手上拿着一串圆圆的佛珠。大大的耳垂垂到肩上，圆滚滚的肚腩袒露出来，亲切、慈祥、福气，一眼看过去就是通体的圆，有一种和谐的美感。

林建全大师开口说，他也是用磨具做出来的。以往在佛像头顶会有一道痕迹需要后面再去磨掉，而他近些年自创了一种三部合一的磨具可以使得脱模无痕。这样看似简单的创新，也是要有数年的经验的积累，无数次的尝试。

同行之间的竞争有时是残酷的，没人会透露自己的秘法，只好自己一点点琢磨。从黑发后生到如今满头银发，我却还能见到林建全大师眼中是有光的。最近流行"少年感"的说法，我认为可以用来形容他。所谓"少年感"不是说穿白衬衫的青年才有，而是形容对热爱始终初心不改，对梦想执着追求，有自己的一份坚守。

"地球上的泥土，很细的石块，经过火烧，就是陶瓷。"这是林建全大师对陶瓷的理解。"投身瓷业数十年，归来初心不改仍少年。"这是我对瓷痴的理解！

（指导老师：童双攀）

瓷语生辉

《马》林建全

林建全

高级工艺美术师、福建省工艺美术大师、德化县富东陶瓷工艺有限公司董事长兼艺术总监。

闲花落地听有声

曾艳君

以心之静，听瓷之声。

绝妙如通花瓷。

凝神视之，通体皎皎，温润如玉。其雕镂繁复，自然入妙；雕花游走，栩栩如生。静静地，唯恐呼吸都扰了它。它因深厚而沉默，光在周身晕开，一片朦胧中，花纹似乎都动了起来。透过雕刻，宛若回溯到手工雕花之时，一顿，一错，一捻，一扬，细致入微。随之，心潮起伏，淡然如水。

仔细思量，瓷亦在雕镂人心。

刀锋如剑戟，入为刚，转为柔，拿捏精准。脆弱的瓷，既不过分坚硬，也不刻意刁难，只是款款地抽去你的全部气力。你越急切，它越磨人，磨人得可恨至极。无奈，只得平复焦躁的内心，潜心专注，与它厮磨。待功成之后，往往极费心力。为成器，必自勉。炼瓷，更在炼心，千锤百炼，方玲珑通透。

看瓷，不是看冰冷的物件，而是看活了数千年的生命。

它恬静柔美，带着中国人内敛的性情；它独具匠心，流淌着古朴的中华血脉；它洁净无瑕，融汇了高洁的中华精神。在历史的演变中，它不再清癯，不再呆板，像有了血液，鲜活而明媚，舞动着文明的精彩。瓷有容乃大，包容了千年的精粹，焕发出强大的生机活力。在历史长河中，泛起粼粼波光。

现如今，更多新鲜的血液涌入，为瓷的创作添砖加瓦，让其在世界舞台上成为艺术臻品，助推瓷文化赓续绵延。

一种瓷，一种风姿，一种传承。

瓷从未黯淡，历大浪淘沙，依旧璀璨动人。

（指导老师：颜缤纷）

《唐装》/ 陈明华

陈明华

中国国礼设计大师、中国民间工艺大师、中国陶瓷艺术大师、德化明华陶瓷艺术研究所所长。

翠色花开瓷扇上

查林赟

橱窗中，一面瓷扇吸引了我的目光，是许秀月大师的作品。扇上，是花，不是红或黄、蓝或白，也不是橙或粉、紫火或黑，却是淡雅的绿。我感到好奇，便定睛凝视它。它很美，但让人有一种异样的感觉，我不禁开始想象，曾经可能发生在扇上的故事。

恰逢春时，百花齐放，温婉柔美的江南水乡似乎也抹上了一层妩媚。少女碧珠坐在窗前，微垂着头，做着刺绣。在她出生、长大的这个小村，碧珠的刺绣手艺是出了名的，临近的几个村子里，都没有哪个姑娘能比得上她。而且，这双上下翻飞灵活转动的手，是那样白嫩细腻，手的主人，又是那样娇美可人，明眸善睐。

媒人一个接一个地来，村民却还是看见那样美的碧珠，日日在小窗前做着刺绣。

这天，村子里来了一个书生。此生身无分文，走了几天路，却是尘不染身上衣，泥不脏足下鞋，全身上下竟没有一块补丁。

他只有满腹学识、一颗渴望考取功名的心和一双巧手。书生在村里卖扇。扇，是他亲手画的，精美无比。村民不懂欣赏，他们宁愿买些更实在的物什。书生的扇，无人问津。

碧珠出门买线，看见了书生。书生风度翩翩，完全不同于碧珠以前常见的村野莽夫。于是碧珠向书生走去，向他买一把扇。书生听到招呼他的悦耳的女声，心中有如过电一般，忙抬起头，看见一双聪慧的眼。真情在少女和书生的眼中流转。书生没有拿摆在摊上的扇，却从衣袖中掏出一把扇，递给少女。

爱情，即诞生于此。

那扇上是若干朵白色的花苞。碧珠看不明白，书生笑着告诉她，她以后就会知道了。

秘密的幽会，是一个又一个山盟海誓；漫天的星，是碧珠天真的愿。书生对碧珠说，自己是仙人，想在人间过凡人的生活。他要为碧珠考取功名，等到扇上的花开了，红了，他就会回来娶她。

碧珠想起曾听人讲起过的故事：爱好音乐的公主，与吹箫仙人喜结连理，仙人乘龙，那公主乘凤，他们携手高飞远去。

碧珠应该为那些秘密的幽会感到后悔。书生离开后不久，她发现自己有了身孕。村民议论纷纷，父母将她赶出家门。碧珠只能住在村西头的一间破屋里。没人再买她的刺绣了，碧珠变卖掉自己从家中带出的几件首饰，艰难度日。

白色的花苞，碧珠每天都看。它们确实在渐渐打开，可它们不紧不慢、不慌不忙，每天的变化都细微难辨，日渐消瘦的碧珠也越来越焦虑不安。

孩子只七个月就降生了，瘦弱的碧珠根本无法承受生产之苦。在苦痛中，她最后望向那把扇。

花开了，是翠绿色的。

架不住碧珠苦苦哀求同意来帮她接生的接生婆，好心准备替她收尸。老妇人惊讶地发现，连生产时都只能小声地、有气无力地轻声呻吟的碧珠，竟将自己的嘴唇狠狠咬住，上齿深深嵌入下唇，没有血。

她的痴、她的苦、她的怨，还没来得及倾诉。弥留之际，碧珠的所有念想都化为一个执念，她誓要让人间听见她的悲屈……

执念贯穿了时空的屏障，跨越几百年的时光。一天，许秀月大师寻找着灵感来制作新陶瓷艺术品。这时一种奇异的感觉在她的脑海中闪现，她立刻投入了创作。于是一把开着翠绿色花朵的白色瓷扇做成了。许大师并没有看见、听见、想到一个名叫碧珠的少女和她的故事。

现在，我站在橱窗前，天意只给我和其他看客留下制作精美的白色瓷扇，扇上开着许多翠绿色的花朵。

（指导老师：林雯臻）

《清风》/ 许秀月

许秀月

  福建省陶瓷艺术大师、福建省工艺美术名人、泉州市工艺美术大师、闽派雕刻艺术大师,德化县非物质文化遗产项目瓷烧制技艺代表性传承人。

跨越千年的"重逢"

——观大师作品《唐代仕女瓷像》有感

苏 拉

你，梳着慵懒的堕马髻、襦裙飘飘、体态丰盈。人们从画上遇见你，或是在土与火的交融中瞥见你生活的痕迹。饱满的脸颊与小巧的五官犹显富态，更塑造了一种可亲近的美丽。人们幻想你、描摹你，用画笔勾勒你，用瓷土重现你；有大胆的，甚至写了本穿越小说，不远千里迢迢去"看"你。可曾想，那梦中的唐仕女，竟也会跳脱出时代的桎梏，穿越到现今。

刚刚穿越，你茫然地拿着啃了一半的包子降落在都市街头，面对眼前由钢铁洪流组成的车水马龙，瞪大眼睛、不知所措。好在，你是大唐的一枚胖妹子呀，快速接纳新鲜事物的性格使你身上的唐风古典与现代社会的革新思想相融合，你信心满满地开启了你"从零开始的现世界生活"。

作为一名新进的"社畜"，你也随公司的广大员工一起加入了挤地铁的行列，你很快收获了很好的人缘，因为同事们发现，你丰润的身材往往能开辟一条穿过人群通往地铁门的直达线。上班时，面对"无礼甲方"的刁蛮要求，你沉着冷静、临危不乱，搬出运营部的分析对甲方进行合理解释，引得老板啧啧赞叹。最令人激动的当属下班后的狂欢，你会和新认识的姐妹们走逛商城，欣赏琳琅满目的舶来品，品尝那些你以前从未听闻过的异国美食。顺带一提，你还兼职美妆博主，热衷于在网络上手把手教人们绘制大唐的容妆——敷面霜、涂胭脂、画黛眉、染鹅黄；你又通过手机直播，向观众们展示大唐发式的多样：堕马髻，高贵慵懒；双螺髻，活泼俏皮；倭堕髻配合圆润的脸庞，仿佛正被人宠溺；双环望仙髻那夸张的发髻舞动起来，宛如蝴蝶飞舞。周末闲暇的时光里，你心血来潮报了个街舞班，感受新时代年轻人独有的活力。你追剧、看报、读书，也不介意宅在家里。对了，你还养了只猫，和你一样圆滚滚的，颇有福气。

当"穿越"的真相逐渐明了，一个世界帝国的轮廓也随之清晰。一个朝代的寿命不比一个春季所有晚霞的时间更长，而文化与精神却可借其内有的包容性传承下去，越过时间与空间的边境，向那山河万朵奔去。大唐，胸怀世界的大唐，无不闪耀着中华文化海纳百川、有容乃大的特性，它擎起骆驼从西域载来的升腾火焰，接住船只游经南海诸国时降下的雨，又跨越了千年的时空，与新时代辽阔赤旗下成长的红色文化交织在一起，生生不息。

　　一颗文明的种子若想要延续下去，就得学会如何从别的火种上汲取光与热燃烧自己。我们凝望着"穿越"了千年的唐仕女，依然能从她那张圆润安宁的脸上，找到一个民族复兴盛开的注定。

（指导老师：徐国文）

《贵妃醉酒》/余洪斌

余洪斌
　　出生于新疆阿克苏，广东梅州市人，艺术家。

《穿越唐宫》/陈威红

陈威红
　　国家一级（高级）技师、全国陶瓷行业技术能手、福建省陶瓷艺术大师、福建省五一巾帼标兵、福建省金牌工人、泉州市工艺美术大师、德化县技能大师，受聘于泉州工艺美术职业学院。

《花样年华》／苏辉文

苏辉文

　　国家一级（高级）技师、泉州传统工艺优秀青年传承人、泉州青年岗位能手、福建省陶瓷技术能手、福建省工艺美术名人、德化县梵瓷坊陶瓷研究所艺术总监。

品陶风瓷韵，度素时锦年

——"瓷语"文学采风有感

肖天宇

  沉埋地下数千年，巧匠锤坯入烟，以陶瓷之生冷，绘肌肤之莹润；借陶瓷之渗透，抚衣褶之柔软。竟栩栩如生，如临妙哉……

——题记

  4月7日，惠风和畅，天朗气清。我们德化一中高二14、15班的20名同学，在徐国文老师的带领下，在新秀园区进行陶艺采风研学活动。短短一个下午，我受益良多，感触颇深，既对家乡引以为傲的陶瓷产业有了更进一步了解，也从陶瓷艺术中获得了对现实生活的一些思考与启迪。

  坦白地说，自己虽然生长于有着"世界陶瓷之都"之称的德化，但对于陶瓷可谓是茫无所知，可谓"隔行如隔山"，不仅不了解陶瓷的美感，还对陶瓷产业在闽中山城这片弹丸之地如此蓬勃发展感到疑惑。所以在启程前，我的内心十分平静，只是将这次研学活动视作一次简单的任务，并没有过多的重视。

  然而，因这次的采风，我即刻沉浸于陶瓷的魅力中，为之折服倾倒。

  采风第一站是苏福良大师成立的玉瓷良品艺术研究所。位于工作室的门口，向内望去，窗明几净，灯光柔白，一尊又一尊的雕塑瓷像井然有序地摆放，琳琅满目，令人应接不暇。苏大师领着我们一行人沿着店内作品徐徐观赏，配合其缓慢而富有顿挫的讲解，我们时而为大师的高超技艺所折服，时而因平常难以亲眼所见的精美工艺品两眼放光。面对我们好奇而在内行人看来又略显幼稚笨拙的提问，苏大师也一一耐心地进行回答，时不时穿插的幽默让我们在醍醐灌顶的同时也心情愉悦，如沐春风。

  工作室内展示的多为佛像，形态、颜色、大小各异，但共同之处在于每件瓷器都不失为绝妙之作。苏大师向我们解释之所以如此热衷于佛像的制作，一方面是他在学艺之初就较早地接触掌握佛像的制作工艺,另一方面是他在制作佛像时能够品悟到佛家文化中的"禅意",让自己的内心世界得到短暂的放松与休整,即不喜不悲,心如止水,寻一份闲适,觅一份诗意的栖息。

在苏大师的一众佳作中,令我印象最为深刻的作品非《倾城》莫属。只见一名妙龄女郎席地而坐,头戴鲜艳娇嫩的红牡丹,搭配三串珠圆玉润的步摇,将黑瀑似的鬓发衬托得更加茂密柔顺,光可鉴人。吹弹可破的面颊肤如凝脂,两弯柳叶眉秀气纤长,眉下的桃花眼如盈盈秋水映衬星河点点,顾盼生辉。一袭白衣与珠光宝气的金项链相互映衬,堪称平淡素雅与雍容华贵的有机结合。真可谓是"尝矜绝代色,复恃倾城姿"。

谈及《倾城》这座瓷器时,苏大师说他是在2020年期间完成了该作品。至于为什么要选用和他此前喜爱的佛像风格大相径庭的美女作为创作题材,他颇为快意地说,一方面由于新冠疫情的影响,工作室收到的订单量较之往常有一定的减少,这给了他充足的时间来进行作品的创作;另一方面则是自己在舒适圈待得久了,想要进行一次突破和挑战,做出一件别具一格的代表作。于是就有了这么一位倾城倾国的佳人的诞生。

采风第二站,我们来到了苏辉文大师开设的梵瓷坊。苏辉文大师笑容可掬地充当我们的向导,带着我们在店内观赏,相当接地气。跟以佛像为主的玉瓷良品不同的是,梵瓷坊内陈设的瓷器种类更加丰富,且体积相对更加小巧玲珑,比较有代表性的是仕女像和观音像。在瓷像的动作上,苏大师表现得更为自由、不受拘束,例如采用箕踞式坐姿的观音等。这可能也与苏辉文大师收到的订单多来自私人而非寺庙等机构有关。抛开作品的外表,苏辉文大师对作品的命名也别具匠心。例如仕女像"荷塘月色""花好月圆",以及"一蓑烟雨任平生"(苏轼像)、"君临天下"(秦始皇像)、"上善若水"(老子像)"碧海青天"(嫦娥像)等,无一不彰显出苏辉文大师的文化素养与丰富内涵,也为冰冷的瓷雕增添了几分人文色彩。

苏辉文大师向我们说及他的奋斗经历时,言语中满是感慨。由于所处的时代环境问题,高中毕业后他未能顺利进入大学,于是只好跟随兄长拜师学艺，经历了长达五年的学徒生涯和漫长的打工沉淀技艺，才最终于2014年自立门户，细算至今已是将近十年光阴之久。

当我们询问陶瓷行业传承的现状时，苏辉文大师表示情况并不乐观。现今产业"老龄化"现象严重，年轻的陶瓷工人少之又少，职业技术学校陶艺专业毕业生从事该产业的比率不到三成，大部分人都选择转行，而年轻工人的技艺又普遍存在较大的短板，因此"青黄不接"现象较为严重。由此我们不难看出，对于家乡支柱产业的传承创新，任重而道远。

采风结束后，带着阵阵不舍，我们各自离开了新秀园，踏上归途。经历了这一下午的研学，我对陶瓷及每一位的陶瓷大师们产生了钦佩之情。正是他们对于作品精益求精、锲而不舍，不断打磨，对于失败不畏惧、不逃避，对于功名不浮躁、不迷失，才造就了德化陶瓷的闻名遐迩，才练就了"中国白"的佳话。然而薪火相传的德化陶瓷产业在当下也应积极采取措施来应对挑战，如努力在陶瓷产品的商业价值与艺术价值之间寻找平衡、加强对年轻陶艺生的培养和指导等。正所谓机遇与风险并存，我们有理由相信，在千千万万个德化人的齐心协力之下，德化陶瓷的明天一定会越来越好！

品陶风瓷韵，忆苦思甜，共赴前程；德化青年，生长于斯，念兹在兹。

（指导老师：徐国文）

《荷塘月色》/苏辉文　　陶瓷艺术家苏辉文与同学们合影

苏辉文

　　国家一级（高级）技师，泉州传统工艺优秀青年传承人、泉州青年岗位能手、福建省陶瓷技术能手、福建省工艺美术名人、德化县梵瓷坊陶瓷研究所艺术总监。

《倾城》/ 苏福良 　　陶瓷艺术家苏福良与同学们合影

苏福良

国家一级（高级）技师、高级工艺美术师、福建省陶瓷艺术大师、福建省工艺美术大师、全国轻工技术能手、福建省金牌工人、德化县玉瓷良品陶瓷艺术研究所所长兼艺术总监。

"飞天"不止陶瓷

朱诗涛

4月6日早晨，我们在老师的带领下参观了飞天瓷研所，览尽一众陶瓷艺术作品，我感受良多，不只为德化陶瓷艺术家的精妙手艺所折服，更因其选材产生共鸣。

飞天瓷研所里的作品琳琅满目，皆出自福建省工艺美术大师郑雄彭之手。一眼望去，尽是白瓷的海洋，既有诗酒人生的李太白，也有袒胸露腹的弥勒佛，更有横刀跃马的关云长。这些作品虽各具风韵，为大众所喜爱，而我却一眼相中那角落里独自闪光的工农红军像。

端详这尊作品，其背景由一面"中国工农红军"旗构成，红军战士们或举着枪迎击敌人，或抱着包裹传送物资，或神色紧张，或面露坚毅。该作品细节饱满，独具匠心，传神地刻画出战斗中英勇的红军，同时巧妙利用了不同战士的站位营造了丰富的空间感，在灯光的映衬下，更显现出在那峥嵘岁月中红军战士的悲壮。

予观夫德化陶瓷胜状，陶艺大师苦心孤诣数十载追求技艺之完美，欣喜不胜言表。且夫德化陶瓷之所需者，传承也。唯有传承，能令德化陶瓷经久不衰，葳蕤蓬勃。吾辈当发掘自身之潜能，只争朝夕，为德化陶瓷之艺术事业贡献新鲜血液。

（指导老师：陈敬伦）

《血沃祁连山》/ 郑雄彭

郑雄彭

国家一级（高级）技师、高级工艺美术师、福建省非物质文化遗产项目德化瓷烧制技艺代表性传承人、全国"五一劳动奖章"获得者、全国轻工技术能手、全国优秀共青团员、全国乡村青年民间工艺大师、福建省技能大师工作室领办人、福建省工艺美术大师、福建省陶瓷艺术大师、福建省技术能手、泉州市技能大师、泉州市优秀高技能人才、泉州市十佳工艺美术师、德化县飞天陶瓷艺术研究所艺术总监。

百年芳华

叶佳宸

那天，我第一次遇见了她们。

大姐身着粉色的旗袍，面色沉静，如出水芙蓉，恬静温婉；二姐一袭红色旗袍，哀婉坚定，如雪落茶花，优雅动人；小妹身穿吊带长裙，自信骄傲，如娇艳玫瑰，明艳动人。

她们是三尊瓷塑，我却在她们的身上，看见了中国女性百年的成长，一路的芳华。

将时间倒转至百年前，街头人影憧憧，女子们的旗袍撑起了一方天地中的亮色。张爱玲有言："然而，当童年的狂想逐渐褪色时，我发现除了天才梦之外一无所有，所有的只是天才的怪癖的缺点。"她的梦乡浸润了文字，褪去色彩后留下她的孤傲与清高。当我们回看那些民国的才女时，许多人在意的只是她们的爱情，却时常忘记了她们本就是饱读诗书的文人。如粉色的荷，温柔淡雅，却又凛然不可侵犯。那瓷人的低眉谈笑间，坚定的神色自现。

淡雅的粉是文字的烟雨，热烈的红是行动的火炬。

木槿花的花语是坚韧，永恒的美丽，正如那个英勇就义的女子，她曾说："算平生肝胆，因人常热。俗子胸襟谁识我？"那样从容而坚毅的姿态，热血洒下，点燃了火把。在浙江嘉兴的南湖上，一名身着旗袍的女子的身上，承载着她对这个国家的最深切的爱意。红的衣裙，难凉的热血，初生的曙光，她们挣脱了旧社会的束缚，如从花苞中破茧而出的鲜花一般，展示着她们的美丽与力量。红色的瓷人仰起头，看向这世界。

倏忽已是百年，世间翻开了新篇章，越来越多的女性出现在人们的视野中，她们是政治家、翻译家、律师……百年光阴过去，她们可以成为任何想成为的人。自信与张扬的美，本就是这个时代的底色。张京在国际会议上尽显大国风范，屠呦呦在绿绿青蒿中探寻生命奥妙，鲍硕在调度室中展望星河浩瀚……时代的繁荣成就了时代的女儿们，她们自信而坚定地前行。瓷人笑着，仰起了头。

在三个瓷人上，有一个十分特殊的细节，在于大腿部分显得更加丰腴。对于这一细节，大师解释道，在她心中，这是一种女性力量的象征，只有双腿足够稳健，才可以足够稳定。每一名中国女性的身上，都扛着自己的梦想与希望，责任与担当。她们微笑不语，让人无法窥视肩上的沉重，唯有那双腿，道出她们的苦累。

三尊瓷人，百年芳华。她们笑着，目送着我们前行。

（指导老师：陈敬伦）

《三姐妹》/陈丽玲

陈丽玲

国家一级（高级）技师、高级工艺美术师、福建省陶瓷艺术大师、福建省工艺美术大师、泉州市非物质文化遗产传承人、陈家艺术陶瓷第三代传人。

瑕疵之美

谢子昂

当你抬脚迈入展厅，扑入眼帘的是五彩斑斓的白，或晶莹剔透，或深沉哑光，整面墙的中国白在深棕色实木柜子和暖黄色灯光的包围中更加显著。上前，目光轻抚佳作，你会真心佩服昔人所造之词——温润如玉，这词若非妙手偶得，就是历经从瓷土到白瓷的锤炼而成的语言精华。随着脚步移动，一尊尊太白像、弥勒佛、菩萨自眼前闪过，你脑海中会高高挂起一个词"纯洁"。是的，纯洁，历经大师玉手雕琢，粉身碎骨烈火锤炼，在灯光的帮衬下，作品上除了跃动的光泽，就只剩下了无边无际似乎要从眼前溢出的白。但同时你的眼睛会有些倦怠，对"纯洁"渐渐闭了眼，而"单调"倏然晕开。"单调"？可不是有一点嘛。正当稍稍失了兴致时，突然，一尊仕女像攥住了我的目光。

原因无他，她左眼旁有一不大不小、位置也恰到好处的美人痣。那一点黑在无尽的白和光影交错的浅灰下是那么显眼、那么鲜明，那么极具活力地跳动着。于是乎，我问陈丽玲大师其来历，她回答道："即便素胎进窑，最后的烧制仍不由手艺人主宰。所有的经验与努力，只能无限接近完美。也因为这样的不可控，惊喜有之，遗憾有之。"天啊，原来这有力抓住我视线的，竟是一瑕疵。我忍不住要为这瑕疵振臂高呼：妙哉！

此瑕疵第一美，美在恰到好处。心中暗暗称赞着这"美丽的错误"，视线锚定黑痣作为焦点，和谐之感油然而生。只见她身披彩霞，头戴发髻，环抱花瓶，麋鹿般的双眼闪烁，嘴瓣儿微翘，好似马上要笑成恬静的弯月。白居易曾落笔描写琵琶女"犹抱琵琶半遮面"，若相较之，今日的仕女便可称之为"刹那芳华一笑见"。然或许你会争辩，生逢其位的瑕疵实为少见，具有特殊性，尚不能体现瑕疵之美。

我会回答："瑕疵之美，更美在矛盾。"细细思索，这黑点恰恰合了美学中对照的法则，如厨川白村笔下"美人的瘿子"，又如古时候的眉黛，白东西旁加点黑的,悲剧中掺杂着喜剧的因子,便让整体的调子更加强有力起来。倘若世间全是白昼的光,天下就会同万古长夜般单调。而若白光中现出一墨点,长夜中擎起一火炬,光景便截然不同了。

不止艺术,人生亦如此。一帆风顺的人生毫无生气,有起有伏、生生不息的人生才值得歌颂。如陀思妥耶夫斯基在《卡拉马佐夫兄弟》里给我们上的一课:要爱具体的人,而不是虚无缥缈的人类,宁做有瑕疵的人,也不造乌托邦的神。又如鲁迅提笔写下:"一个人在永远绽放着桃花的天堂是活不下去的,他会逃到人间,在悲欢离合中既痛苦又快乐地活着。"(《记忆的考证》)再有老舍在《小病》中所写:"生活是种律动,须有光有影,有左有右,有晴有雨,滋味就在这变而不猛的曲折中。"

正因旅途有困难,有曲折,才有了瞧见美景时的乐趣。也正因为人是满是瑕疵的生物,这也才有了生活的趣味。比起天衣无缝来,鹑衣百结的一边,岂不是更有韵味吗?

（指导老师：陈敬伦）

《宝琴踏雪》／陈丽玲

陈丽玲

国家一级（高级）技师、高级工艺美术师、福建省陶瓷艺术大师、福建省工艺美术大师、泉州市非物质文化遗产传承人、陈家艺术陶瓷第三代传人。

瓷之四季

涂晓玲

我见过自然里春的灿烂、夏的生机、秋的宁静，以及冬的沉稳。有幸，在才提陶瓷艺术馆黄素花大师的陶瓷作品《春夏秋冬》中，我看到了瓷的四季里，用情谊谱写的曼妙诗篇……

你看，春高昂着头走进人们的视野里。我想这是预示着春的代名词——希望。春天是富有生命气息的时节。在此时，山谷间的溪水开始解开冰冷的外壳，带着万物生存的愿景不断地向前方流淌着。渐渐松软的泥土在悄悄孕育着一个又一个浪漫的灵魂，蚯蚓在其中恣意地扭动自己的身躯，种子在里面许下成长的愿望，并不断地汲取养分，发芽滋长。春天是生命的代表，代表着生命的欣欣向荣。

而当春开始换上更华丽的装扮时，不用讶异，你没有猜错，是夏登上了时间的舞台。夏季最令人有印象的莫过于夏雨了，一阵雷鸣过后，便会有一场属于夏的豪迈的急雨，我羡慕夏雨的果敢，就如同徐才提先生做出的瓷娃娃一样，微微抬头，表示自己的志得意满。它是那种下定了决心就不会回头的铁娘子，是令人佩服的存在。当然，夏还是最富有人情味的季节，尤其是在夏夜里，人们会在公园里的大树下纳凉，同时摇着小扇慢慢聊叙。我记得夏夜的星星总会更亮些，风也会更温柔些，大概是因为夏夜是心系他人的存在吧，它给疲倦燥热的生活带来了一丝舒适温暖的慰藉。

随着季节的推移，万物逐渐褪下了大红大紫，此时，我们看到，秋正温婉地笑着拥抱简单静默的人间。"自古逢秋悲寂寥，我言秋日胜春朝。"在四季里，我最爱的时节便是秋，因为它不仅仅只是一种收获的喜悦，它啊，是情愿从零开始的勇敢，是收到鲜花与掌声过后依旧能不骄不躁的淡泊。此外，秋还是宁静的，它在用自身坚定的沉默，叩响世人的心门。它如同一名教师，教会我们去关注自身，追逐本心，我无比地感谢秋，它让我不去浅显地用眼睛看，而是让我用心去听我心里真正有关善意的声音，从此无畏地去追寻那一方属于自己的清香。

而当一切删繁就简时，我们便进入了冬的天地。显而易见，相较其他三个时节，冬是最最单调沉闷的，因此，追捧冬的人好像很少很少。但我从始至终都认为冬是最坚强的季节，因为敢于生活在冬天的生物是坚强的，它们不怕白雪皑皑，不怕天寒地冻，它们是生存的勇者。你看描绘冬季的瓷娃娃上画着的梅花"凌寒独自开"，它才不在意天有多冷呢，它才不在意到底会不会有人来欣赏它，我想它只愿用生命的代价，为自己的人生拼搏一场，奔赴人世间最纯粹的愿。

从瓷上描绘的四季，我好像看到了平行时空里春夏秋冬的神色姿态，我能深切地感受它们是有血有肉的存在。一年伊始，万象更新，我有一个简单的愿望——希望世人可以去感知四季的变化，拥有对自然的期待。

（指导老师：赖碧清）

黄素花

黄素花

高级工艺美术师、福建省工艺美术大师、福建省民间艺术家、国家级非物质文化遗产项目德化瓷烧制技艺代表性传承人、德化县三八红旗手、中国陶瓷工业协会理事、德化县阿凡提陶瓷雕塑研究所艺术总监。

蝶　恋

黄　婧

那爱恋化不开双宿双飞的心愿，是无畏死亡的不顾一切，是终成眷属的无比喜悦。

——题记

"轰"的一声，阳光沐浴在我崭新的身体上，风从新翅间呼啸而过，而你，我的檀郎，拍打着蝶翼，就在我眼前。一切是那么的荒诞，又是那么的真实。父母之命，媒妁之言，我无法违背，只能在出嫁的路上，祭拜你的哀魂。你的坟打开的那一霎，我心一颤。不顾那周围仆从的惊呼，我扑向你。哦，郎君！我扮着本就是因你而缝制的红衣，无论奈何桥畔刀山火海，我去找你。坟合上了，天地倏然黯沉，只是一瞬，我又看到了你。

哦，我的檀郎，你知道的，小时候的我便因聪慧而闻名乡里。可我心有不甘，为何只有男子可以参与科考，女子又为何不能入朝为官？古有木兰替父出征一身荣光返回家乡，今又谁再道女子不如男？那"四书五经"哪章哪段写过，男子之职女子不可做？心中的疑问终是化成行动，说服了父母，我与贴身丫鬟扮上男装，从家中离开去杭州求学。

哦，我的檀郎，这好像一场梦。我遇到了你，不是话本所说的英雄救美、一见钟情，却让我相信了话本的幸福原来是真的。或许是你的淳朴，亦或许是你才情流露时眼中的星辰，待我察觉到时早已沉溺其中。三年来，我总是一袭青衣，你也不知我乃女子之躯，只是把我当作同窗好友。我的心是多么犹豫。那段日子，望着那日日夜夜伏在书桌的身影，我还是决定，得把心意告诉你。

我的檀郎啊，怎知我是这般胆怯！那日我约你到湖边却不知如何开口——我会不会太唐突了？你会不会厌恶我这般女子？那么多的念想又让我摇摆不定，我只好旁敲侧击，心中已经呐喊了无数次：快去提亲吧！谁知你这般木讷，不懂我的暗示，你这个木头脑袋啊，我又不忍责备。不久，我便接到家人来信，母亲病重，即便心中难以割舍，我还是仓促地返回家乡。

啊，我的檀郎！那年我也到了该出嫁的年纪了，父母把我许配给了马家。没得到你的回应，心灰意冷的我并不知家人的决定，只是把自己锁在闺房，缝制我那不可能的梦——半成品的嫁衣，在那些日子里，我怀着忐忑，一针一线绘下的。谁知在我踏出闺房那日，听到了婚约之后，就撞上了你的盈盈泪眼。我悔，我何须怜惜那薄薄的脸面！我怨，你为何这时才知我的情意！我恨，我为何不早些告诉父母，拒绝这门婚事！

檀郎啊，白纸黑字，事情已成定局。我泪如雨下，还是没能改变这个事实。你那日浑浑噩噩地离开，之后便传来了你身患重疾的消息，我是那般的心如刀绞啊。打开你给我回信的那些写满药方的宣纸，泪水更是止不住，上面那些世间没有的东西，是你在告诉我，你患的是无药可医的相思啊！

我的檀郎，那相思入骨，竟带你离开了人世！我被这个晴天霹雳震得愣在原地，你竟如此狠心，抛下我一个人。万念俱灰下，我擦去泪痕，答应了马家来催婚的使者，择吉日出嫁。

我亲爱的檀郎啊！我终是穿上了那身嫁衣，踏上了他人的花轿。途经你的孤坟，我怎么能视而不见毫无波澜！你向我张开双臂，我又怎么拒绝，只身投入你的怀抱。日月无光之际，我感受到了你温暖的怀抱。

亲爱的郎君啊！当我扇动着崭新的蝶翼，一切是多么不可思议啊！在风中上下翻飞，我们嬉戏于花丛之间，翩飞于天地之中。世间再也没有什么会阻碍我们相守！这样化蝶又何妨！我亲爱的郎君，我们终是如愿以偿。

（指导教师：赖碧清）

《化蝶》/ 徐才提

徐才提

　　高级工艺美术师、国家一级（高级）技师、中国传统工艺美术大师、国家级非物质文化遗产德化瓷烧制技艺代表性传承人、全国陶瓷技术能手、中国十大名窑创新者、重建汶川爱心大师、福建省工艺美术大师、福建省陶瓷艺术大师、福建省民间艺术家、中国陶瓷工业协会常务理事、中国工艺美术协会理事、福建省陶瓷艺术专业委员会副会长。

落子不悔，弈中前行

张 昊

怀揣着对陶瓷的憧憬，我一步步走入展厅，眼前的"瓷海"足以证明不虚此行，一件件精美绝伦的瓷器在视觉上产生了极大冲击，进而直抵心灵，这些精妙的艺术品像画卷，像乐章，更像诗篇，令人沉醉其中，使我感觉已然来到瓷的国度，敬意也油然而生。

在这"瓷海"之中有这样一件瓷器，雕的是一幅对弈的景象：对弈的双方一老一少，应是一对爷孙，仔细看一看，老人神情和蔼，微笑着注视着少年，那少年憨厚可爱，正用手托着下巴，聚精会神地盯着棋盘，他的神情如同在向观赏之人倾诉着棋局之难。这件作品相比周围的瓷品显得极为小巧，却将人物的神态做到活灵活现，不禁令人称奇。

底座上还有一行字，上面写到"人生如棋，落子无悔，人生就是一场对弈"，简洁明了的两三句话却像石子掉进池中，在我心中泛起了阵阵涟漪，要思考的问题一个接一个冒了出来，疑惑、不解更是充斥了脑海。"这一老一少在塑造的过程中有一个小差别，你看，少年的脚部清晰可见，但老人却已半身入土。"这正印证了人生如棋这一观点，也让我理解了最为重要、最为基础的一点，下棋并不是分高下争输赢，而是落子不悔，只有落子不悔，自身才有前行的动力，人的一生也是这般道理。

细细想来，这个时代与之对应的例子不胜枚举。有的人在人生这盘大棋中，为了蝇头小利，忽略了全局，失了本分甚至失了本心者大有人在。试问，这样的人，又怎能不悔？也有的人，愿将终生奉献于伟大事业中，将自身作为一颗棋，舍身于一盘更加伟大的对弈中去。如消防救援人员用生命拯救生命，如边疆战士用生命捍卫祖国，又如袁隆平院士穷其一生致力于解决人类饥饿问题……他们的伟大我们不会忘记，试问，这样的人又怎会有悔？

人生这盘棋，无关对弈的输赢，悔与不悔，全凭我们能否走好每一步，只要能落子不悔，前行的脚步就不会停歇！

（指导老师：赖碧清）

《人生如棋》/ 徐才提

徐才提

　　高级工艺美术师、国家一级（高级）技师、中国传统工艺美术大师、国家级非物质文化遗产德化瓷烧制技艺代表性传承人、全国陶瓷技术能手、中国十大名窑创新者、重建汶川爱心大师、福建省工艺美术大师、福建省陶瓷艺术大师、福建省民间艺术家、中国陶瓷工业协会常务理事、中国工艺美术协会理事、福建省陶瓷艺术专业委员会副会长。

瓶

黄 婧

瓶外流淌的是岁月，瓶中珍藏的是年华。

——题记

一个瓶，静静地伫立在夏至冬临的路口，收集过路旅人的痕迹，倾听那春去秋来的故事。

春·热爱

孩童蹲在路口，倔强地挖掘着。

"你在做什么呢？"

"我要找到合适的泥巴。"

"要泥巴做什么呢？"

"我要像厂里的叔叔阿姨一样，做出漂亮的陶器！"

夏·不弃

孩子眼眸中是炽热的光，描述着他热爱的梦想。在突然之间发现了自己寻找已久的珍宝啊，手舞足蹈地向远方启航，他也不忘小心珍藏起来之不易的泥巴，小心翼翼地揣进口袋的还有那份闪闪发光的热爱。

路口的星辰在夜间闪烁、明亮，带着些许不真实。

"你回来了。"

"我该怎么做？"男子的眉眼已有沧桑，乌青的眼圈藏匿着疲惫。一抹白色已经悄然爬上他的鬓角，他研究半生的白瓷生产线被砍断了。月亮默默躲进了云层，只留下黯淡的黑夜。是要放弃半生的心血对生活认输吗？

"不！我不会放弃，就算一时向生活低头，我也会再把头抬起来！梦想，是不能放弃的！"男子昂首前往前方，尽管他知道未来是一片风雨，他也会一脚深一脚浅地走完的。

男子的背影没入黑暗,即使孤独也未知,坚定的背影被拉长。月亮悄悄洒下一抹清亮,照在男子消瘦的背影上。

秋·坚守

"你果然还在坚守。"

伏在书案前的老人抬起头,轻轻放下手中的刻刀,摘下鼻梁上的眼镜:"是啊!"

即使过程曲折漫长,但他真的做到了。如今他已经满头白发,不再是当年倔强的少年郎,但现在啊,不单单是年轻时的一腔热血,还有岁月留下的情怀。

"后悔吗?"

"怎么会呢,这可是我一生所追寻的,无论是年轻时的勇往直前还是现在的岁月静好,这都是我的选择。即使有憾,也终是无悔。"

"我做到了!"老人静静笑了,摆在他的书案上的是一个瓶。

通体洁白,温润剔透的瓶。

冬·时光

我是瓶。

今年冬天还是很冷。

我曾陪伴在一个人的旅途里,也曾出现在许多人的旅途里。

在生活的重压下,那些年少美好的梦想,被掩埋在路口厚厚的雪堆里,被遗忘,被放弃,或是被重新挖掘出来,擦拭得闪闪发光,重新放入内心深处。

我能做的,便是帮他们整理收集起这些珍贵的热爱,在他们回头之际,再次交还给他们。

我不过是一个瓶,一个看过春花淋过夏雨吹过秋风接过冬雪的瓶。

一个普通的瓶。

就在路口的转角，那些追逐梦想的人，总会遇到一个瓶。一个通体洁白，温润剔透的瓶。

（指导老师：赖碧清）

《郁金香瓶》/ 寇富平

陶瓷艺术家 寇富平

寇富平

2016年被中国轻工业联合会和中国陶瓷工业协会授予"中国陶瓷艺术终身成就奖"。1963年为北京人民大会堂毛主席休息室设计创作了刻花牡丹笔筒，被誉为"主席笔筒"。创作的羊头花瓶、芭蕉花瓶、牡丹花瓶长期作为国家外交部国礼。喜上眉梢梅鹊瓶、螭龙瓶、羊头花瓶三件作品被中国国家博物馆收藏。

神化轻举

廖苏渝

嘘，寂静的夜，莫出声惊动了在外休息的工匠。

自那唤作乐僔的僧人称看到金光闪耀，如现万佛的鸣沙山后，凿了第一个窟洞，我们便居住在了这黄沙漫天、昼夜变幻莫测的岩壁上。那些流动的线条无法束缚住我们婀娜的身姿，那些飘逸的色彩无法描绘出半分我们衣裳的轻柔，更遑论那些缭绕四周的云彩……我们仍旧舞着。人们曾流连于我们面前，连赞"满壁风动，天衣飞扬"。可叹的是，他们不曾亲临我们舞动的场面，只能欣赏这无法完美诠释我们欢聚之喜的壁画，心满意足。

或许他们中有人真切见过，在幻梦中，在迷蒙中，或许他们也曾迷醉于佳肴美酒，不然，他们又如何将一件件往事记于新的石窟。可是在连日的战火里，再也无人了解我们，对我们诵咏那首"素手把芙蓉。虚步蹑太清。霓裳曳广带。飘拂升天行"。我只能静静地固守在画中，在狂风咆哮中失去昔日艳彩，在滴滴雨水中遗失线条，在日日灰尘遮掩下，望着昔日同伴模糊了面孔，在岁月中消失无痕，恍若从未存在过。

或许是有人来过，但我只记得，在一阵阵狂躁的风中，他们匆匆而来，带走了那些沉睡中的佛像和那些无声控诉的伙伴。他们不是第一个使我们重见天日的，是谁，吵醒了我们的安宁？是那清理积沙的王道士。依稀记得首位发现这位道士的伙伴发出的惊讶与欣喜，可谁又能想到，迎接我们的不是熟悉的黄沙，是锋利的刀刃将我们粘揭而下。

之后来的是一群带着简陋装备的青年，他们痛心疾首地望着那些斑驳的壁画，一项项讨论着我们的归途。然后是一点点地加固修补，我们往日的辉煌，星星点点地重现人世。再之后，先是那些遗落的同伴渐渐回归，纵使它们的重返缓慢，但总有一天，我们能够重聚一窟，重现光彩于那些徘徊于前的游客。

游客只多不减，而在熙熙攘攘的人群中，我们欣赏了后世的飞天，即使无法做到如同我们般自如，即使无法飞跃于空，但他们的演绎，又何尝不是

瓷语生辉

别样的肆意。我们看到那一尊尊以泥土之身塑就而成的翻版,即使出于淤泥,又何尝不是另一类高傲,即使无法拥有霓裳,也可以舞出仙人之姿。

而今,我们已舞动了近千年,但我们依旧坚守本心,歌舞于世人面前。

(指导老师:赖碧清)

《飞天》/ 张祥琦

张祥琦
  国家一级(高级)技师、全国陶瓷行业技术能手、福建省工艺美术大师、福建省陶瓷艺术大师。

她 与 鲸

涂晓玲

"北冥有鱼，其名为鲲，鲲之大，不知其几千里也。"女孩一字一句地吟诵着这句古老话语。脑子里无比认真地猜想着鲸的样貌。即便她自小生活在海边，她也还没有见过鲸这种生物。

上天总爱给有期盼的孩子甜头吃。

宛如童话般的开场。偶然的某天，女孩在沙滩上听见了一声悦耳的低鸣。好奇心使然，她飞快地潜入海里，探寻着声音的来源。一种无名的指引催促着她往深处游去，当低鸣声越来越清晰时，她来到了一个她以前从未来到过的深蓝海域，女孩的心里有些许惶恐。伴随着低鸣声的消失与长久的静默，她有些害怕，转身想逃离。但就在女孩转身的时候，她猝不及防地对上了一双明亮的双眸，她遇见了一头蓝鲸。

"要听听我的故事吗？"蓝鲸发出了邀请。

女孩被它明亮的双眸吸引，鬼使神差地点了点头。

蓝鲸俯下身，让女孩乘坐在它背脊上，他们穿过一片片深蓝图景，等到了某个深蓝海域渐渐有向碧绿转变的趋势时，蓝鲸的眼里布满了温柔，声音也轻了几分。

"这里，是我曾经生活过的地方。"

"那现在怎么不住了？"

蓝鲸没有回答，只是悄悄地围绕着这里转了一圈，让尾巴甩出一条漂亮的波浪。

奇妙的事情发生了。女孩的视线里出现了好多头蓝鲸。其中一条明显体型偏大些，女孩猜想它应该是鲸群里的领袖。

"你会施魔法对吗？为什么我的眼里出现了这么多的蓝鲸？"

蓝鲸点了点头，用欢快的语调说："蓝鲸一族都是会魔法的呀，这是海洋给我们的馈赠。现在，我要给你看我的回忆，这已经是六十年前的故事了……"

"那是头鲸的猜忌,谁也不知道为什么它固执地认为曾与它携手称霸海洋的那头蓝鲸不忠。"

"可它们都相处了那么久,不是早就该知根知底了吗?"

眼前的蓝鲸悲哀地笑了笑。

"我也说不清楚,也许头鲸早就想除掉它了,不忠只是借口。也许头鲸从曾经的同伴那里看出了自己的无能,嫉妒心使然,使它无法再以平常心看待现在的一切。但也许,它也没有猜错,那头蓝鲸本就有二心……恩多怨多,外人说不清的。"

"结果毫无疑问。鲸群的关系出现了裂痕,走向背离,分离出两个分支。或许你会看到两支势均力敌的鲸群在争斗,但总归是世事无常。气候变化、环境变迁对海洋的影响已经超出了蓝鲸群能承受的范围,蓝鲸这一海洋曾经的霸主,竟迅速地走向了衰亡。"

"那么多的恩怨,居然都因为灭亡而消散了。"

随着眼前蓝鲸平淡而渺远的话语,女孩的眼里出现了一头头蓝鲸死去的景象,它们濒死前尖厉的鸣叫声让她这个局外人竟然也感受到了几分痛苦。她的眼角慢慢湿润。

"所以,这是你不再生活在这里的原因。"怕感伤家园不再,怕感伤不见亲朋。

"没关系啦,我早就习惯了没有同伴的生活。而今,我也终于跟人讲了这个封藏已久的故事,我没有执念了,我该消失了。"

"什么?你的意思是你会死吗?那蓝鲸不就不复存在了吗?"女孩的眼泪止不住地落下,"可是我们才第一次见面啊,我以后还想再见到你,你不要死去好不好……"

蓝鲸被逗笑了:"不用担心,我们还有很多见面的机会。"

一鲸落,万物生,生于海,归于海。以后你见到的每一条鱼都会有我的影子,你抚摸过的每一株水草都会受到我的血肉滋养。我不过是以另一种方式存在着。

不过这样的领悟对一个小女孩来说还太残忍。所以它以私心,用蓝鲸特有的魔力,在她难过无暇顾及外物时隐去了她所有关于它的记忆。

等她一睁开眼,她就什么也不会记得了。

而它,也可以心安理得地迎接自己的死亡。

鼻间是海盐清爽的气息,女孩在沙滩上突然惊醒。她茫然地看着从远处涌过来的海浪舔舐海岸。

"不是有一阵低鸣吗?跑哪去了?还有,我的脑子里怎么这么乱,我是不是忘记了什么重要的事?"

不过,忘记的事情去问问妈妈不就好了吗?女孩迅速地冲回家。当她开门时,猝不及防地听到了电视广播的一则播送:"今日在太平洋中心地带发生了一场壮美的鲸落。届时,它的躯体会慢慢沉入海底,成为海洋13490个生物体的食物与栖息地。鲸落以一己之力孕育一方生命,这将有利于海洋生物多样性的提高⋯⋯"

女孩怅然地站在门口。

"妈妈,好遗憾啊,毕竟,我好像还没有见过鲸鱼呢⋯⋯"

(指导老师:赖碧清)

《浮生若梦》/陈威红

陈威红

国家一级(高级)技师、全国陶瓷行业技术能手、福建省陶瓷艺术大师、福建省五一劳动奖章标兵、福建省金牌工人、泉州市工艺美术大师、德化县技能大师、泉州工艺美术职业学院外聘专家。

陶瓷的心跳

苏 拉

人从街上路过时，又一次看见了那个瓷器，通体雪白的家伙，站在广场的阴影里。形形色色的鞋从它面前的陆地上碾过，没有一双会为缄默的苍白天使驻足。

可人却注意到了，不是因为它有多美，不是因为它有多白，抑或是它的造型有多么奇特，花纹有多么繁复。他听到了它的声音，狂热的、野性的、沉默的、敛静的、杂躁的，像斯拉夫人血管里的烈酒；阴郁的，似日耳曼人喉头中的挽歌；冗长的，像古老东方黄河畔几千年前的洪水滔滔；短促的，似新兴美洲安第山下数日之间的血海汪洋；他柔得像钢铸的女人，铁得像水做的男人；它是一种心跳，一种号叫，一种歇斯底里的怒吼，也可以是一种欢笑，一种哭泣，一种闪电时响彻的雷鸣。它可以是任何一种声音，或者说任何一种声音都是它自己，世界的千言万语回荡在它空洞的瓶颈。人从来没有听过这样一种声音，从瓷器的胸腔里发出，一下又一下，既感性又理性，既阴性又阳性，既存在又虚无，既生在西漠也长于东陲，既冷得刺骨又热得烫手。世界把自己的喉咙丢在了这个花瓶里，一万零一首不同语言的交响曲，只有他一个人驻足倾听。

人被迷住了。他几乎每天早上都来这里倾听这场无名的演出，聆听那自花瓶里传出的，既来自远古也奔向未来的心跳，一下又一下，每一下都像只带了天鹅绒手套的金属爪子在抓挠他的心……他一听就是一整天。一个月后，人来人往的广场上传出了他的名声。

"瞧瞧那个人，整日一事无成地蹲在那里，瞧着那个花瓶，八成是个患上老年痴呆的流浪汉。"

"也不知那个物品有什么稀罕的，没有一点用处的东西，没有好看的颜色、奇特的花纹和造型，用来插花也不得体，况且还易碎，真是废品。"

他原本并不在意旁人的言语，可谁想有一天，那些充满恶意的话语，竟也从空洞的瓶腔口源源不断地冒出，像一只络新妇织出的、巨大的、沾满毒液的网，精准无误地附到他身上。在那张网还没出现以前，人总是坚信，只有他才是那个被世界选中的人，清白者、无辜者、被世人误解者，才能聆听到宇宙中如此宏伟的乐章。可现在听不见的话语，也跳进了陶瓷的心跳中去。过于庞大且过于刺耳的声音把他弄得烦躁不安，他甚至不愿再来此处聆听。可是无论他走到哪里，那刺耳的绝响总是牢牢跟紧，从床底、天桥下、马路上，到悬崖边、雨林里、海湾上，它总是紧紧跟着他的脚步，像索要利息的恶魔一样，逼他交付自己的生命。终于他忍不住了，在某一日重返了广场阴影。

那尊雪白的瓷器依然立在阴影里，人看见了它的光泽和反射的太阳形。他穿过拥挤的人群，一步步走进那个曾经给予他无上快乐也给予他莫大痛苦的罪魁祸首——一尊瓷器。每走近它一步，耳边刺耳的尖叫声就拔高一度。等人触碰到花瓶的长长的脖颈，他的耳膜几乎要被震碎，而他也理解一个死物临死前发出的最后的啼鸣。人拿起自己磨好的锤子，一下，一下，按着那交响乐曾经发出的心跳声，狠狠地敲打整个瓷瓶。瓷光泽的表面上闪过他的倒影，随即在尖啸中如一个崩塌的旧朝般一片片、一点点地碎裂。等他击到最后一下时，整个瓷面犹如那世世代代不可一世的君王般轰然倒地，洁白的瓷片里淌出浓重猩红的水银，很难相信一个死物里盛装的液体竟仿佛如此有生命力，水银很快淌出了一个湖泊，并开始向四处蔓延开去。

人终于卸下一口气，支起身子环顾四周。他解放了，他终于打败了这尊瓷器，人的双手已沾满瓷器的血液，他痛苦地低下头，抱住脑袋捂住耳朵，那个被他击碎的死物却依然在报复。恍惚间，他在流淌的猩红水里看见了自己的倒影，无瑕的液体清晰地印出他如瓷器般龟裂破碎的面孔。他想起来了，他早就被杀死了——那时柔软的瓷壁光洁地反映出人清晰的面孔，而他朝着那个瓷壁中的自己狠狠地、用力地、卖命地砸去，血水渗出裂痕，染晕了陶瓶，也染红了他自己。无声的绝望与有声的恐惧迫使人倒在地，倒进满地猩红的水银。人在急剧的痛苦中抬头向上一瞥，无数人的倒影围成一圈，站在他的瞳孔里，男人、女人、青年、老人、小孩，他们零散地站开，宛如千千万从瓷上掉落的碎片，用目光包围了他这个可怜的、可悲的、可憎的罪犯。

是的，他看到，无数的人，男人、女人，青年、老人、小孩。

他们都——他们都——

他们都张开了嘴巴——

（指导老师：赖碧清）

《玉润玉瓷瓶》/ 林明辉

林明辉
　　国家一级（高级）技师、福建省工艺美术大师、福建省陶瓷艺术大师、首届泉州市工艺美术大师、德化县爵舜瓷艺研究所艺术总监。

梅香如故，瓷语如是

张瑞荣

泱泱九州揽日月，瓷韵光华贯古今。

瓷器赠我一个古时梦，邀我一赏前朝风光。

这梅在皑皑白雪中悄然绽放，静静地吐着幽香。向上开着，却是那样凤眼弯，琥珀藏，一点朱唇巧；是那样眉黛长，腰肢袅，一笑千金少。是明眸，亦皓齿，碧水清波照青莲玉颜。

旧梦不醒，怀古之影，只道瓷宫一曲，众生有灵。我在想，是如何绚烂的唐宋造就如此的瓷韵，又是如何的匠心雕琢出如此对瓷的独特理解。瓷语无声，更胜有声。

世人大多道："不经寒彻骨，怎得梅花香。"我想，梅的气节，不仅在于它铁骨铮铮，更在于它傲霜斗雪地盛开，它不在百花争奇斗艳的春天，而在朔风凛凛的寒冬。这样傲洁的身影也曾盛开在大地上的每个角落，为了信仰，点缀一方苍茫，飘散满室清香。待到北风萧萧，大地银装素裹，雪落时，与君，闻花香。

可那过程如何艰难险阻，如何刻骨铭心，洁白的瓷或许可以述说他们赤子的期待。瓷语默然，曾经的热血沸腾依旧震耳欲聋。

梅一路盛开，赶赴一场浪漫摩登的魅力之宴。凝练千百年匠心之萃，沿袭传统，启迪前卫的美感。细腻的设计将颜色与造型优雅平衡，精妙繁密的花纹勾勒夺目光彩。纷繁的匠心灵感为经典之美注入无限新机。

瓷语不言，韵味与不羁共存的女性魅力自然流露，抒发女性自由无惧的内在。

万物有形，器物有灵。一件件瓷器从泥土中走来，自此每一步都走在我的心尖上，落落大方成为它们自己，不言不语，千言万语。这里是瓷都德化，窑火不熄，匠心不灭。万物，有灵则美。

（指导老师：林雯臻）

《傲然》/ 邱玉珍

邱玉珍
中国工艺美术大师、中国陶瓷艺术大师、福建省工艺美术大师、高级工艺美术大师。

《仰望》/ 邱桂还

邱桂还
高级工艺美术师、国家一级（高级）技师、福建省工艺美术大师、福建省陶瓷艺术大师、全国陶瓷行业技术能手、福建省金牌工匠、福建省德化古德陶瓷艺术总监。

鼎 立

林家辉

你说流金铄石，当刑而王；后来彝鼎圭璋，溢彩流光。

不知你是从何处被运来的。纯厚质朴的高岭土啊，自被挖掘出伊始，你一生的命运就注定不平凡。深埋于地下数千年，忍耐着无声的沉寂、黑暗与潮闷，苦难将你打磨，你在亘古的沉睡中沉淀韬光养晦。是在数千年后的某一日，勤劳能干的工人让你重见天光，千里迢迢跋山涉水被运来此处，一段新的经历就此启程。

不知是何等刀削斧凿的高超工艺技术造就了你。想必是巧夺天工的精心揉捏、是笔走龙蛇的雕刻技术、是别出心裁的新颖想法，加之以漫长时间的洗礼与辛勤汗水的浇筑，才初步将你呈现出"三足鼎立，龙凤呈祥"的模样。此时的你虽仍略显拙态，却已是瓷中龙凤。不知是怎般举步维艰的困苦环境将你铸就。炽热的火舌纠缠蔓延，腻人的空气散发着流金铄石的温度，飞逝的时光仿佛都因此延缓。虽然苦难能遮蔽你的光芒，让你黯然失色，但它永远无法真正地摧毁你。你在难耐炙烤中逐渐成形。

鼎身篆刻的是数只蛰伏的神龙，两侧各一只衔环而立，威武勇猛；前方一只张着血盆大口，怒目圆睁，獠牙上仿佛还闪着发白的寒光；后方的两只缠绕盘旋着，追逐着一抹红日。周围环绕的祥云，更是衬托出了十足的盎然仙气。仔细瞧，能发现三足各由一只凶兽组成。鼎盖则从传统文化的双龙戏珠中获得灵感，玲珑有致，尽显威武雄壮且仙气十足引人瞩目。

看着这波澜壮阔的设计，我打心底地佩服起铸造它的工艺大师。完成一件如此精美的作品，不知要付出多少的时间、精力和汗水。

我不禁思索着："这番设计究竟有何寓意呢？"鼎是权力与地位的象征，自古便有黄帝轩辕氏铸鼎成仙、禹铸九鼎的传说，由此可推知，鼎已有4000多年的历史，中国也在4000多年前就有了青铜器锻造及冶炼技术。

据史料记载，在周代，就有所谓"天子九鼎，诸侯七鼎，卿大夫五鼎，元士三鼎"等使用数量的规定。这反映了中国古代社会等级分明的社会秩序。

而龙呢，则是中国古代神话中的动物，为鳞虫之长，是中华民族的象征之一，更是中华民族的图腾。以龙为设计核心，展现的是吉祥、喜庆、团结、进取、腾飞的美好寓意。

古人曾云："玉经磨琢多成器，剑拔沈埋更倚天。"讲的是名玉成器与锻造名剑都需要经历磨难方成大器。那么瓷器的成型，乃至人的成长经历，又何尝不是此般道理？让我们乘长风破万里浪在磨难中砥砺前行，奔赴璀璨闪耀的未来！

（指导老师：林雯臻）

《九龙香炉》/ 林禄扬

林禄扬

　　福建省工艺美术大师、福建省陶瓷艺术大师、国家级非物质遗产项目德化窑烧制技艺 省级代表性传承人。

乌 龙

陈思彤

莹莹月光下的庭院，一个青年正在漫无目的地闲逛。

青年姓宋，家中排行老二，因此一直被称为宋二，除家人外街坊邻居无人知晓他真名。宋二大学毕业后找了份与专业有关的正经工作后，就开始了日复一日的平淡生活。正值假期，一些朋友约上他，去到一处古色古香的旅游村游玩放松身心。却不想半路休息时，他去拍照回来时那些好朋友早已丢下他先一步去了旅游村，手机也连带着没了。荒郊野岭加上没有交通工具和联络工具，宋二别无他法只得徒步。天色已近黄昏，他终于看到了一处人烟。徒步半天又累又饿的他，没有过多思考这里为什么只有一处人家，就马上去敲门想要借宿。

他敲了敲镂空而华丽的大门，马上就有一个戴着围裙的老婆婆来开门。宋二说明来意，得到主人准许的老婆婆将他迎入大厅，还给他介绍了宅子的格局，并为他安排了一间客房。宋二整理了自己的着装后就去面见了宅子的主人，表示谢意并承诺找到朋友后定会来支付费用。宅子的主人同样是个随意松散的青年。青年并没有正面回应宋二，而是让宋二先吃了晚饭后去休息，明日再做决定，并且特别指明允许宋二到后院去。

宋二躺在松软舒适的大床上昏昏沉沉睡了一会儿，突然惊醒，再也睡不着，便盘算着去后院走走。农历十五前后，月光皎洁。宋二在月光下将后院看得清清楚楚，各色花草在昏暗的环境下更显朦胧。宋二闲逛了许久，快将这些花花草草看腻时，忽然瞧见了一处与后院格格不入的地方。

宋二饶有兴致走上前，在围墙与柏树间的小角落中发现了一个木桌，上面立着个瓷像，瓷像前的桌面一无所有。宋二蹲下身，凭借他优越的夜视能力将瓷像仔仔细细看了好几遍这是一尊观音像。而这瓷像又与一般观音像不同，荷叶上的观音一腿屈膝盘着，另一腿却悠然垂下，脚下踏着片荷叶，一朵朵莲花伴生在其侧，头冠隐约泛着金光。再往里一看，观音一旁摞着一叠书，神情仍是慈祥悲悯。宋二素来喜爱这类精美的瓷雕，当他想再认真观察观察、手将触及瓷像时，突然后颈一痛，接着就失去了意识。

宋二再次醒来时，最先看到的是后院花草，月光更亮了些，宋二这才发现自己在一张带有软垫和靠背的椅子上，被五花大绑着。旁边还有几人说着话，发觉宋二醒来，其中一人停下谈论，缓缓朝宋二走来，竟是青年。宋二意识仍有些发散，他听见自己开口："为什么把我打晕……把我绑起来？"声音格外沙哑。

青年一愣，但很快回应："我以为你会很慌乱呢，没想到这么镇定，这倒是有些出乎意料。至于为什么把你绑起来，你自己心里清楚得很。"

宋二疑惑不解："我并不知道。"

青年扯了扯嘴角："你要不想想自己干了什么。"

宋二想了半天，却还是不明白。他摇了摇头："还是直接告诉我吧。"

青年眼底浮现一股轻蔑："就凭你动了歪念头。"

宋二更加困惑："什么歪念头？"

青年肉眼可见更加烦躁："事到如今还想狡辩？那我告诉你，那尊观音像可不是你该偷的！"

宋二震惊："我什么时候偷那尊观音像了！"

青年冷哼一声："监控都拍到你对观音像动手动脚了，你还敢说没动过偷观音像的心思？"

"我还以为那是谁丢弃的，毕竟谁会把重要物品就那么丢在角落！我向来对瓷雕感兴趣，那是为了更清楚地观察瓷像！再说我若真存心想偷可能两手空空地来吗？"宋二气得脸颊微红，额头冒出点点薄汗。

青年皱眉，正欲开口，先前领宋二进门的老婆婆突然到来，报告说："少爷，有几人来拜访，说是这位客人的朋友，顺着公路监控来，要带这位客人回去。"

"当真？"

"当真！"老婆婆音量不大，却在静谧的后院中显得尤为明显。

宋二没好气地说："我朋友来了，快给我解绑，我要和他们一起回去。"

青年微微一顿，看向仍对他怒目而视的宋二，周身却没了刚才那股气焰。"松绑，松绑！"他轻咳一声，转头语气温和地对宋二说，"对不起，是我误会了。之前这宅子因为地处偏僻又有不少财物，之前有不少人借着借宿的名号来行窃，因此我们的防备心很重。这次真是误会了。既然你的朋友已经寻来，我也不好意思再多留你。稍后我会送上一份歉礼，请务必收下。"

听了这番话，宋二的怒气也基本消失。他挠了挠头，也有些不好意思地说："我也不该擅自去触摸那观音像。只是我还有个请求，我可以再看一眼那个观音像吗？我那些朋友应该可以再等一会儿的。"

青年思索了一下，便命人取来那尊瓷像，摆在宋二跟前。观音像离开了那阴暗的角落，沐浴在月光之下，比后院的花草更显朦胧神秘，观音像周围散发着柔和的白光。宋二得到允许后，不同角度拍了几张照。拾掇一下，带上礼物，与朋友一同离开。

在宋二离开后，那尊观音像又被摆回那个角落。月光渐渐消失，本该是晴朗的月夜，此刻却布满了浓云，后院漆黑一片，而观音像却散发着点点柔光。

（指导老师：林雯臻）

《自在观音》/ 郑金星

郑金星
　　国家高级工艺美术师、国家一级（高级）技师、中国传统工艺美术大师、福建省工艺美术大师、福建省陶瓷艺术大师、福建省陶瓷行业技术能手、泉州市非物质文化遗产项目德化瓷烧制技艺传承人、福建省雕刻艺术家协会常务理事、福建省陶瓷行业协会理事、泉州市工艺美术协会理事。

追寻"中国白"的足迹
——参观瓷雕艺术工作室

陈柏昌

一刀一凿蕴含着匠心独具的精妙，白瓷素坯凝结了艺术的灵魂，晶莹剔透犹如白玉，一曲一线浑然天成。这就是被誉为"中国白"的德化白瓷。在春夏之交，我有幸与它们接近，感受着如生命般的灵动和历史的厚重，立于栩栩如生的瓷雕之间，第一次深深体验到瓷都文化的流动。

映入眼帘的，是你那非玉似玉的白。"中国白"是法国人对德化白瓷的赞誉，被认为是"中国瓷器之上品"，自古便享有"象牙白""猪油白""鹅绒白"等美称。在展厅中的一座座瓷雕，无不散发着乳白的光，不是白玉胜似白玉，如《弥勒佛》和《自在观音》，似凝脂白玉般的质感为其增添了一层圣洁的光辉，体现出宽怀慈悲的意境，彰显着智慧的光芒。

魂牵梦萦的，是你那宛如天成的线条。细腻的纹理在随处可见的细节中展现出鬼斧神工的美感。匠人们以惊人的技艺将死寂的瓷土塑造成华美的艺术品，线条流畅而富有韵律，每一条曲线都似乎是自然而然地流淌而成，仿佛魔法般将瓷器注入了生命的灵动。

一笔一画中处处流露着工匠们对美的追求和对艺术的热爱。

动人心弦的，是你那源远流长的文化。瓷雕是时间的见证，承载着历史的记忆，一件件珍贵的作品散发出岁月的沉淀和智慧的光芒，仿佛带着无数的故事，让人心驰神往，流连忘返。如《断桥残雪》，少女独坐在断桥之上，苍茫寂寥的景色，因为几枝梅花增添了色彩，既有冬景的寂寥，又有梅花"凌寒独自开"的傲然。又如《漂洋过海》，少女漂洋在海上，向着一个地方张望，寄托了思恋爱人追寻爱的情感。《小家碧玉》表现出了江南女子的安静娇羞。《且听风吟》体现出云卷云舒，宠辱不惊的端庄。《恭喜发财》则表达了人们最朴素的祝福。

微风轻拂，艺术的花瓣在瓷雕作品上盈盈绽放，仿佛透过时间的沉淀，将绽放的美景定格在瓷雕的世界里，绚烂的色彩在微光下闪烁，犹如一幅幅栩栩如生的画卷在眼前徐徐展开。

瓷雕不仅是艺术品，更是文化的传承和历史的见证，它记录了一个时代的风貌和人们的心声。每一件作品都是匠人们智慧与灵感的结晶，它们以精湛的技艺和无限的想象力，让人们领略到瓷器的无限魅力，超越了物质的边界，触及心灵的深处。

（指导老师：林雯臻）

《小家碧玉》/ 王代丁

王代丁

国家一级（高级）技师、全国轻工技术能手、福建省陶瓷艺术大师、福建省陶瓷行业技术能手、泉州市工艺美术大师、泉州市第四层次人才。

纵观古今，他笑时仍风华正茂

张惠玲

"大肚能容天下事，自在逍遥欢喜心。"

明代初年，朱元璋为家乡弥勒亭题了一副对联："大肚能容容天下难容之事，慈颜常笑笑世上可笑之人。"这副名联，不仅概括了弥勒佛的形象，同时蕴含了做人做事的深刻道理，广泛流传，家喻户晓。在中国各地的佛教寺院里，大多供奉有弥勒佛像，走进一座寺院，你第一个看到的，一定是憨态可掬、慈眉善目的弥勒佛的塑像。

而今，瓷塑弥勒与中国艺术相结合在民间颇受欢迎，在瓷都德化中的体现尤为明显，观音、弥勒是德化窑的所有瓷塑人物中含量位居前二位的。在我看来，相较于观音神态端庄、宁静慈祥的模样，弥勒那哈哈大笑，喜庆的神态更具感染力。

在九仙山主峰南侧，有一处天然的石室，弥勒佛端坐其中。其造像光头大耳，慈眉善目，双眼微阖，神态平静，袒胸露腹。浅浅的青苔与包浆的氧化层布遍了造像全身，在烽火岁月的洗礼下，更为其增添了一份"笑容天下"的意趣。

此次欣赏到的郑金星大师的作品《迎福》，弥勒展着双臂，脚部倒屐相迎的细节尽显主人家待客的热情。衣襟轮廓的弧度与上面的纹理恰到好处，愈加强调了其轻松的姿态。九仙山上的弥勒历经岁月的冲洗，神韵的灵动不减反增，《迎福》的造像更具富态，弥勒的腹部在上釉后愈显油亮光滑，二者好似处于人生不同阶段时的光景。亘古不变的是它们笑容可掬，极富亲和力的形象。

"大肚能容，了却人间多少事；满腹欢喜，笑开天下古今愁。"

（指导老师：林雯臻）

《迎福》/ 郑金星

郑金星

国家高级工艺美术师、国家一级（高级）技师、中国传统工艺美术大师、福建省工艺美术大师、福建省陶瓷艺术大师、福建省陶瓷行业技术能手、泉州市非物质文化遗产项目德化瓷烧制技艺传承人。福建省雕刻艺术家协会常务理事、福建省陶瓷行业协会理事、泉州市工艺美术协会理事。

素白·铜黄

林振槟

如若不在微黄展灯下，它是玉一般净的。它本没有色彩，是这个世界赋予它的美。尽管只是在底层的展柜，我依然一眼望见它——貌比琼脂却更为透亮，质似琉璃却更有内涵。它氤氲出的柔光，是隐晦的，不突兀的。然而众多作品能够令人一眼万年，想必足以展尽它的芳华。

身处瓷都，瓷器琳琅，对我而言早已艳而不惊，可它却不同。万千林海而独树一帜，今日定是要端详一番。

走进跟前，低俯下身。一尊白瓷竟能够刻画出如此细节：神女脚踏祥云，长衣曼曼，手托蟠桃，身姿挺拔，神韵奕然。慈眉善目，所谓丹凤眼、柳叶眉，体现得淋漓尽致。最令人折服的是那与长衣相衬的珍珠佩链，说是巧夺天工再合适不过了。珍珠间隙有致，错落分明，桐花、玉穗是它的陪衬，珠宝每个相扣的孔洞不足毫厘。本着"远观近赏而不亵玩"的君子原则，我按捺住出手的冲动。反而是展厅的门没有关上，微风辗转，绕过风屏，替我抚摩了它。而它的衣襟也宛若随风轻曳。

如果说，金石玉器是宫廷的奢侈，轻染锈色铜黄，手托蟠桃的它就是天界神女。这盏灯也是狡黠，在它身上照出渲染，恍惚又好似褪去樊笼中的尘埃。"事物一旦褪色，便属于永恒"，身为白瓷的它亦是这世间的永恒……

（指导老师：林雯臻）

《麻姑献寿》/ 郑金星

郑金星

　　国家高级工艺美术师、国家一级（高级）技师、中国传统工艺美术大师、福建省工艺美术大师、福建省陶瓷艺术大师、福建省陶瓷行业技术能手、泉州市非物质文化遗产项目德化瓷烧制技艺传承人。福建省雕刻艺术家协会常务理事、福建省陶瓷行业协会理事、泉州市工艺美术协会理事。

天 问
——来自灵魂深处的对话

王嘉琳

你看,他的眼中是千年风沙蒙不住的烈火,他的血管中奔腾的是历史湮不灭的河流。他双手指天,似是在对某些传统观念提出无畏的质疑;他仰头望天,似是在请求永远给不出答案的上苍给予他想要的回复。他衣襟飘摇,似是在抵抗肆意的狂风,只盼能抵达渴求的彼岸。他的眼里,是对真理的渴望,是对真相的渴求。对真理的渴望一经喷涌就奔流不息,质疑的火焰一经点燃就永不熄灭。在赖礼同大师的手下,屈原似乎正站在历史的洪流中,任凭雨打风吹,只为求一点真相,一个真理,这又怎么能不令人动容?

凝视《天问》,我凝视着屈原渴望的双眼,凝视着他诉告未酬之志的双手,凝视着他求知的魂灵,凝视着千百年来倔强而又热忱地与传统束缚对抗的勇毅,凝视着历史中那千千万万掉落在文人身上的尘埃。

采集,制土,雕刻,施釉,烧成……难以想象完成如此传神而深邃的作品,赖礼同大师需要付出多少的心血,需要下多大的功夫。天下大事,必作于细,制瓷自然也不例外。倘若没有日日夜夜的付出,赖礼同大师又怎能将屈原的"且视他人之疑,目如盏盏鬼火,大胆地去走自己的夜路"刻画的此般惟妙惟肖?不错,理想与现实之间,不变的是跋涉;辉煌与黯淡之间,不变的是坚持。终幸历尽天华成此景,

人间万事出艰辛,赖礼同大师以他精湛的技术,孜孜不倦的毅力,夜以继日的付出,让我们得以重见屈原的一腔热血,得以秉承"上下求索"的精神。一种匠心独运塑造了一种岁月典藏,一种瓷艺精神渗入了代代世人的文化基因。我相信,《天问》之中寄寓的精神必将不仅激荡吾辈之心,也必会不断烛照着未来。

(指导老师:潘丽梅)

《天问》/赖礼同

赖礼同

中国工艺美术大师、中国陶瓷艺术大师、享受国务院特殊津贴专家。全国劳动模范、大世界吉尼斯纪录获得者、福建省德化县博古陶瓷研究所所长兼艺术总监。

神 叹

陈逸涵

德化是"中国白的故乡",在世界瓷坛独树一帜,被称为"世界白瓷之母"。德化白瓷被称为"象牙白"和"鹅绒白",素有"世界白瓷看中国,中国白瓷看德化"之誉。我每每看到"德化白"的温润、明净、典雅、精巧,无不感慨万千却词穷难言。今天有幸瞻仰了柯宏荣和陈桂玉大师作为金砖国礼之一的白瓷作品《鹭岛女神》,更是叹为观止!

这位传说中被骗去七彩翎的女神,不再是常见的跪坐之姿。她披着轻纱优雅而立,身姿妙曼,体态优雅。她蠑首微仰,秋水微合,朱唇未启,神态既陶醉又柔美,既娴静又妩媚;她的左手抚着雾一般的头发,右手前举在空中,似招呼,似等待,似告别,似倾诉。她的脚旁有三只白鹭,仰望女神,似乎正在喁喁低语或婉转低吟。我不由惊诧,这哪里是白瓷,她明明有灵魂!她伫立在那,应该已经脱离了世俗的万千算计,洞见着黑夜与白天的距离,明察了春夏秋冬交替的点点滴滴啊!

女性的美何止千千万万,更多的只可意会难以言传,而文学作品还能用诸如夸张、对比等手法进行描摹。雕塑之难则在于将之"形化",具体到诸如手指的长度,眼睛的开合状,乃至白鹭嘴尖的大小……实在是难于上青天之事!陶瓷雕塑家柯宏荣和陈桂玉伉俪,搭档创作20多年,对对方的创作理念或想法,早已心有灵犀,两人共同创作了无数作品,此次国礼《鹭岛女神》也是两人一同携手完成的。我并不认识这对仙侣大师,但想来必是技艺高超且"心中有爱、心中有美"的"神人"吧,否则何以能化腐朽为神奇至斯!

(指导老师:潘丽梅)

《鹭岛女神》/柯宏荣 陈桂玉

柯宏荣

高级工艺美术大师、中国工艺美术大师、中国陶瓷艺术大师、福建省工艺美术大师。

陈桂玉

高级工艺美术师、中国陶瓷艺术大师、德化瓷坛青年雕塑艺术家、瓷雕工艺美术大师。

惠女，美哉，巧哉

林丽飞

惠安女，一群生活在泉州惠安县且靠海而生的勤劳坚韧的妇女们，在无边无垠的大海之中蕴养出了永不停歇的生命激情，在汹涌澎湃的波涛之中锻炼出了永不放弃的人生信念。世人往往称赞她们有征服大海、征服生活的拼劲和干劲。陈丽玲大师的作品《惠女风情》匠心独具，身着黄衣的清新灵动的惠安女展现了惠安女婀娜温婉的一面，我想，也许这才是惠安女更本质的特点。

"封建头，民主肚，节约衣，浪费裤。"这就是惠安女独特的穿着——鲜艳的头巾包住头发和下颌，连脖子也未露出分毫，上半身如此严实，肚子上的皮肤却又大胆开放地裸露着，上衣短而贴身，下裤长而宽松。《惠女风情》中的娇俏少女服饰就是这样的。少女鬓边簪着一朵娇艳欲滴的鲜花，三串长短不一的珠子被两朵花儿别在了裤腰两旁，她双腿并起，跪坐于地，身子偏转着，合拢的双手轻轻置于颊边，做托腮状，微笑地眺望着远方。含蓄自然，娇柔甜美，恬淡宁静，无一不美好！

陈丽玲大师曾在采访中说，她善于用女性视角去挖掘女性的细腻之处，只创作使自己有感触的"美"，并将自己的情感注入作品之中，给作品带来生命力。我想，这清纯脱俗的《惠女风情》应该就是她眼中"美"的具象化吧。

这个惠安女身体线条流畅、身形凹凸有致、细腰丰臀，再加上饱满的大腿和甜美的脸庞，陈丽玲大师将夸张与写实巧妙结合，充分展现了闽南女子朴实健康的活力之美。整件瓷器除了黄、白，再无第三色。头巾、衣服、手镯、珠链，以及细微之处点缀的那些鲜花，无一例外全是纯净的淡黄，更衬得露出的脸庞、纤手、细腰是那么晶莹如脂。微笑地凝视前方的双眼宛如有千言万语，有着无限遐思。美妙如天上仙女又乖巧如邻家女孩。陈丽玲大师赋予的少女的"美"和追求"美"的情思，在观赏者看来恰恰又是一种纯真自然的"美"。可谓巧妙至极!

(指导老师:潘丽梅)

《惠女风情》/陈丽玲

陈丽玲
　　国家一级(高级)技师、高级工艺美术师、泉州市非物质文化遗产传承人、福建省陶瓷艺术大师。

霜雪白　琼蕊浆

刘志钰

素白玉坯与水相济，上善若水，如梦似幻。白如玉、明如镜、薄如纸、声如磬。其瓷，胎骨细嫩，晶莹柔润；其花，清新明丽，幽静雅致；其釉，光亮洁净，饱满光滑。涅槃于烈火，若铸铁成钢，似寒梅吐香，就其生命之繁华！

工匠精神侍其左右，钟灵毓秀，意蕴无穷。淡泊宁静，而尽显细远绵长；波澜不惊，却流露盛世风华；烟波浩渺，则点化前途无量。清新流畅，水云萌动之间，依稀如伊人白衣素袂，裙带纷飞。尽情描摹着传世白瓷的风采！

（指导老师：颜云月）

《金富贵如意》/ 李秀丽

李秀丽
　　高级工艺美术师、国家一级（高级）技师、全国陶瓷行业技术能手、福建省工艺美术大师、福建省陶瓷艺术大师、福建省金牌工匠、德化星丽陶瓷研究所艺术总监。

雕器雕物亦雕心

涂宇欣

在衰落遗失的边缘坚守，在快捷功利的繁荣里坚持。

"一盏枯灯一刻刀，一柄标尺一把锉。"匠人们只用最简单的工具便铸就了无数耀眼的辉煌。即便在漫长的岁月中承受孤寂与清冷，匠人们也能用热忱浇筑出最厚重的生命底蕴。

观千年古风遐缅，奏万古弦歌不辍，德化白瓷虽历经风雨侵蚀，纵面对艰难险阻也不曾止息。《国家宝藏》言："很多人都说，我们华夏民族没有信仰，可其实我们的信仰，就是自己的文字和历史。"千百年来，德化窑火仍生生不息，瓷雕技艺代代相传，一批批瓷雕大师继往开来。

而在众多的瓷雕大师中，有一位大师在传承"瓷圣"何派技法的同时，结合当下的艺术理念和创作手法，着力创新。对于观音像的创作，以德化温润如玉的白瓷作为材质，沿袭传统的精雕细刻，追求造像的逼真和神韵的生动力，力求把观音像庄重、高雅的气质表现得淋漓尽致，以传统题材，创新技艺为人们展示不一样的艺术风格。他便是福建省陶瓷艺术大师——林吉祥。

他的作品《鱼篮观音》便将他的艺术理念贯彻到底。观音赤足站立荷叶之上，下承水浪激涌，胸饰珠串，着通肩衣袍，右手提篮，左手持裙，垂目肃静安详。其周身环绕的长飘带充分发挥出线条对人物造型的重要性，"以线刻体、以体托线、线体结合"，烘托出人物的精神气质和内在性格，表现出一种细腻、纤巧的形式美。林吉祥大师在遵循传统陶瓷艺术发展的脉络基础上，领悟传统文化精神，运用现代艺术理念，大胆突破旧有形态束缚，推陈出新。

陶土夺自然以天工，凝文化艺术入器皿。流光一瞬，华表千年。触摸着烈火炙烤后的白瓷，望见的是自然与艺术文化的交融之合。陶土中凝结着的是匠人独特的智慧，交融出匠人独彰个性的符号。"艺术家的个人情感之于泥与火的体现"承载着瓷雕匠人对于匠心的坚守。

瓷语生辉

不同于其他匠人的热烈奔放,林吉祥大师始终以沉稳的心态,极致的专注,在瓷雕这方艺术沃土上勤奋耕耘。对于传统作品的创作,他没有选择一味地模仿,而是选择延伸,用自己独特见解在新旧碰撞中激发不一样的火花。

林吉祥大师说:"真正的创造,并不是对传统的否定,而是在传统的基础上谋求健康发展,使传统得到活用,走得进,出得来。只有从那种既定的模式中走出来,把握鲜活的有生命力的精神内涵,主动地去认识传统,吸收传统,超越传统,才能再造属于当代的新传统。"

在喧嚣中沉寂,在浮华中坚守。数十年如一日,匠人们始终在自己的领域顽强坚守、推陈出新,他们传承传统的手艺和悠久的文化,也在古老技术和当代创意的融合中锐意创新。新时代下,青年人应以匠心精神应时代之变。

(指导老师:郑锦凤)

《鱼篮观音》/林吉祥

林吉祥
　　国家一级(高级)技师、高级工艺美术师、福建省工艺美术大师、福建省陶瓷艺术大师、泉州市高层次人才、非物质文化遗产德化瓷烧制技艺传承人、德化县优秀青年人才、德化县劳动模范、德化县政协委员。

新　生

赖子恒

它只是一块泥土。

它似乎与其他的泥土并无二致，同样匍匐地底，同样受人踩踏，同样默默无闻。

直到它被他挑出，捡起……

它不知道，他其实是位瓷塑家。它只隐隐约约地感到，它的命运将由此转变。

他看着它，陷入了久久的沉思。忽地，他的眼中放出光来，他急急地把它分成各个部件，开始了瓷塑工作。砸、揉、捏、塑，看似暴力的动作下，饱含着专属于他的柔情。它的轮廓逐渐明朗，逐渐成形，他的内心也在一次次重重的打击下变得坚硬，愈发无畏。雕、刻、刮、削，他的手如同织女的针线、马良的画笔，轻盈却不失力度，精细亦带有匠心。"擦擦""沙沙"……他全神贯注地盯着它，手中的刻刀在它身上弹奏出美妙的乐曲，铁链、鬓角、五官，每一个细节都是他注入心血的作品。接上部件、黏好饰品、釉水匀透、入窑装烧，每个部件赋予它坚韧的身躯，每件饰品赐予它精美的外形，釉水洗濯它高洁的灵魂，烈火炼出它不屈的内心。它感觉自己有了生命，在他的手上。

"嗯。"他微微点头，低声道，"就叫它'盛世忧思'吧。"

它原本只是一块泥土，但他给了它生命。

你看它，身着一副金龙铠甲，身后的披风微微飘扬，头戴金盔，手握铁链，骑着一匹健硕宝马，肩边停着和平白鸽，一位久经沙场的常胜将军之姿顿时映入我的眼帘。只见他威风凛凛，神情庄严，昂起头，眺望着远方，威严的表情却遮挡不住内心的忧虑。胯下的骏马微抬前蹄，鬃毛在风中飘动，一副蓄势待发的模样，但凡有一丝风吹草动，它就会驰骋沙场，奋勇前行。他肩边的白鸽则显得灵动可爱，但象征着和平的它也肩负着不一般的使命：为家，为国,为世界和平。我看着他的神情,他的姿态,他的动作,他似乎在说:"无论何时何地,为国捐躯,在所不辞。"

它不只是一块泥土。它告诫着人们:"盛世忧思,盛世亦当忧思,盛世更当忧思!"左丘明所著的《左传》有言:"居安思危,思则有备,有备无患。"居处盛世之中华,我们更不能忘记近代以来的屈辱历史,列强的铁骑在我们神圣的土地上肆意践踏,我们却毫无反击之力。

铭记历史,方能前行。如今中国日益强盛,也面临着更加复杂的国际形势。居安不能不思危,唯有谨慎小心,时时提防身边的隐患,中国才能继续在复兴道路上踏步前行。

它原本只是一块泥土,而瓷塑家给予了它新生。它不只是一块泥土,它不断地警诫着我们,不断地激励着我们,与我们同行,与祖国同兴。

(指导老师:郑锦凤)

《盛世忧思》/ 林吉祥

林吉祥
　　国家一级(高级)技师、高级工艺美术师、福建省工艺美术大师、福建省陶瓷艺术大师、泉州市高层次人才、非物质文化遗产项目德化瓷烧制技艺传承人、德化县优秀青年人才、德化县劳动模范、德化县政协委员。

瓷　心

陈小希

　　清晨的阳光透过巨大的落地窗洒向白瓷，镶着金水的裙尾好像在流动，观音像半掩的眉眼尽显温婉。林吉祥大师带领我们参观他的展馆，一尊独特的嫦娥像吸引住了我。我仔细地观察，身后却忽地传来一声轻笑。

　　循声而望，只见原该是摆满白瓷的橱柜不见了踪影，取而代之的是分不清天地的无尽苍茫。"在这呢。"回首却见是一出落标致的淑女，见我回头，拂袖半掩面容轻声笑了。"你是谁？这是哪？"我警惕地向后退两步，她笑得更欢了。"这是我的家——瓷的世界，我是嫦娥。"嫦娥？听她这么说，仔细看，她确实与我观察的那尊瓷像有八九分像。

　　她的裙子柔顺如倾泻的瀑布，上半部分是杨柳发新芽的青绿，下半部分是春日里满树枝叶中的深绿，边缘缝有金边，闪着光与绿色两相宜，手腕处的翡翠成色上好、透光，如一幅诗意山水画。发被整齐梳起，步摇顺她的一颦一笑互相碰撞缠绕，发出清脆的声响，笑意陶醉于她的眼眸，流连她的脸迟迟不愿散去。

　　"你说你是嫦娥，那你不该在月宫里吗？"

　　"我只是拥有嫦娥的形态，并不是神仙。"

　　"那你是从哪来的？"

　　"我本是一块土，是父亲给了我生命。"

　　"你还有父母？"

　　"制造我的匠人，便是我的父母。"

　　真神奇！她神态灵动，实在看不出是一块僵硬的土。她笑着向我展示她的眉眼、她的首饰、她的衣裙，向我展示她鲜活的各处，以此向我展示她父母手艺之精湛。

　　"想当初。我只是最普通不过的一块土，是父亲，他花了无数个日夜雕琢我，给我华丽的衣裙，给我灵动的眉眼。他从不放过每一个细节，他总是

瓷语生辉

力求完美，这才造就了我，你也觉得我灵动得不可思议对吧？"

我连连点头，刚要再仔细观察，耳边却传来相机拍照的咔嚓声，我转头一看，原本的白茫茫又变回橱柜，刚刚眼前灵动的淑女也变回盈盈笑着的瓷像。

我难掩失落，脑海又徐徐响起那熟悉的声音。

"其实，手艺只造就了我的形态，我鲜活的根本、我的灵魂，是来源于匠心。"

我再参观了其他瓷像，越发感受到那玄幻瓷世界的灵魂——匠心。

许久，我仍惊叹于匠人之手艺，能化腐朽为神奇，给予土以各式各样的形态，土因匠人之心，而拥有了个性不同的生命，显得那么鲜活、那么意义非凡。

一颗瓷心，独步天下，琳琅满目，书之岁华，其曰可读！

（指导老师：郑锦凤）

《嫦娥》/ 林吉祥

林吉祥
　　国家一级（高级）技师、高级工艺美术师、福建省工艺美术大师、福建省陶瓷艺术大师、泉州市高层次人才、非物质文化遗产项目德化瓷烧制技艺传承人、德化县优秀青年人才、德化县劳动模范、德化县政协委员。

但愿人长久，千里共婵娟

王开楠

　　话说那嫦娥奔月后，天神给她下达了一项工作，那便是将世间数万条相思线结成相思结，以相思源力种下桂树，而其中神力最为澎湃，嫦娥最为精心照料的，是她与丈夫后羿的相思结所种下的桂树。然而世间哪来的万般美好，因极大怨念的相思而生的桂树也有数以万计，它们每一棵都蕴含着寒毒，散发着刺骨寒气。

　　可一日，嫦娥上山采药，不慎落入了寒谷之中，《月历》有云："凡人怨念之极无甚于神明，自寒谷下，愈深之处，怨念愈重而寒毒愈剧，滴水而得冰。"嫦娥因神药而得的神力又怎能抵挡得住，随着寒毒入侵，抗寒的神力渐渐不支，自足至腰，最终化为了凄美的冰雕。当嫦娥醒来之时，自己在一篝火旁，对面坐着一年轻男子。男子虽面带微笑，可仍透出凌厉之色，见嫦娥醒来，他自报家门："小人因炼丹犯错，被罚来伐这月上寒树，直至一棵不剩。"他苦笑了一下，"可这寒树如此之多，不知要到何日啊。对了，小人名吴刚，无字，望嫦娥仙子日后多多照看。"随即露出腰间的木牌，上有吴刚二字。"救命之恩无以言报，只是您是如何将吾解救出来的呢？"吴刚一笑，于手心翻出一朵金色火焰。"这是俺师父给俺的丹火，可厉害了，俺便是用它融了冰，这也是砍那寒树必备的火。"嫦娥再三感谢……

　　此后的月上日子，两人相依为伴，吴刚每日以丹火护体砍伐寒树，嫦娥则是同吴刚送她的玉兔一起打着那千万条相思结。一日，吴刚用被丹火驱散寒毒的木材搭建了一座宫殿。此殿仍保留着淡淡寒气，于其中终日神清气爽，嫦娥甚是欢喜，题名广寒宫，又在门框上写下了"但愿人长久，千里共婵娟"，二人相视一笑，在此住下。又一日，嫦娥外出时被两只极其强大的月兽追捕，怀中玉兔突然挣扎逃去，嫦娥惊慌之下竟绊到了一块石子，还没等爬起，头上阴影笼罩，巨兽的利爪誓要把嫦娥撕裂，这时，一道身影出现抱走嫦娥，扛下了这一击，后腾空而起，一箭双兽，来者正是吴刚，原来玉兔是去搬救兵了，吴刚走近询问："仙子如何，是否受伤？"劫后余生的嫦娥紧紧揪住吴刚，冷汗直流，瑟瑟发抖，回到广寒宫，嫦娥为吴刚褪衣，擦药，做饭，织衣，二人情愫就此埋下。之后的日子，他烧水，她做饭，男耕女织，她望着他伐树，他凝着她缠结。嫦娥知道这一生再也见不到后羿，心里渐渐接受吴刚，可心中那根紧绷着的弦始终未松开……

一天吴刚回到广寒宫，忽而嫦娥寒毒复发，散发的寒气足以将丹火冻住，嫦娥全身冰凉，连汗水都凝结成了霜，吴刚动用传音符寻求师父帮忙，却得知疗法只能是身怀神火之人与之阴阳双修，自内而外解了那寒毒，吴刚万般纠结，他知道这样做她不会原谅他，可眼前的人儿病情愈发严重，容不得多想，金色丹火绽开，将二人衣物焚烧殆尽并包裹其中。

治疗十分成功，可转醒的嫦娥却十分悲痛，她虚弱地倚靠着床，出神地望着窗外，眼泪早已流干，心却仍是隐隐作痛，她告诉自己"她背叛了羿"，吴刚立于门口，想要解释，可百口莫辩，他愈说，她愈烦躁，终于，她打开房门，狠狠给了他一巴掌，她瞪着他，眼中蓄着愤恨、难过、不解……吴刚万念俱灰，好似一瞬间失去了所有气力，双目无神。忽然，激昂悲壮的战鼓声响起，吴刚回过神来，像是下定了什么决心，一把揽过嫦娥的腰，低头深吻了下去，嫦娥眼中满是惊愕，不断挣扎着，这时她见到了吴刚的神念，看见了她难以置信的真相，"求求天神大人，我只想再见见我娘子，可怜可怜我吧，她一个人在月上何以生存？"那是她的羿，卑微地跪在地上，不断乞求着那高高在上的众神，"唉，如此，那我等便成全你，只是你须在神战鼓声响起之时回来，封上将军。"后羿大喜，不顾疼痛地以头磕地："感谢天神，感谢天神赐福啊！""别高兴过早，你二人只能相见，不得相认。且尔须经历一番磨炼，吾等将以汝射下的九只金乌的纯阳之力来炼出一名将军，汝可得受住了！"后羿重重点头，神色坚毅，如她刚见到的吴刚，金乌神火一遍又一遍将他焚尽，可他却一次又一次以金乌之血重塑身躯，九死一生之间，他的凡躯而为神躯，凡魂而为神魂，凡骨而为神骨，凡血而为神血，凡力而为神力，最终掌金乌神火于手心，成金乌上将军。天神给了他一块木牌以掩饰身份，他说:"吾刚而不为情所动,便叫作吴刚罢!"

后羿摘去了木牌,金乌啼声昂扬传来,这是那最后一个太阳,身上鳞甲金光灿灿,他该走了,嫦娥知道了真相,又惊又喜又忧,因为她的羿可能再次离她远去,再也不见,她滴下的泪结成了冰,她裁下了她最爱的长发,递给他,颤道:"保重。"他乘金乌而去,转身洒下血泪,焚尽了那月上寒树,众神众人之灵得以解脱,纷纷朝拜:"多谢上将军,上将军保重!"此火不熄不灭,只有当后羿死时方燃烧殆尽。

可最终,她见那熊熊烈焰逐渐化作火苗,于摇曳中熄灭,她知道,她的羿,回不来了……

天庭的一个说书馆里,说书的激昂澎湃,面红耳赤:"上将军后羿与那敌方最强大的主神战到了最后,二人皆只剩一口气,可最终上将军还是落了劣势,他射出了必杀一箭,可手一抖射偏了,而这也燃尽了上将军的生命,那主神放肆地笑着,可突然,上将军手指轻轻一拉,那支箭竟掉了头,一击毙命,狂笑声戛然而止……只是上将军的遗骸至今未能找着。"众人惊叹连连。

月球上,嫦娥怀里抱着玉兔,手里搓着一条细长的发丝,望着葬于桂树中的人儿,呢喃道:"是我杀的他,我可比你厉害。"那人只是微笑着,一言不发。

嫦娥凝成了晶莹的一尊白瓷,玉兔在旁,不离不弃,向世人诉说着这个动人的故事。

(指导老师:郑锦凤)

《嫦娥》/林吉祥

林吉祥

  国家一级（高级）技师、高级工艺美术师、福建省工艺美术大师、福建省陶瓷艺术大师、泉州市高层次人才、非物质文化遗产项目德化瓷烧制技艺传承人、德化县优秀青年人才、德化县劳动模范、德化县政协委员。

戏金蟾记

叶诗龙

常德一弱冠曰刘海者,字昭远。与人以诚。居茅舍,事母尽孝,未尝稍怠。乡邑邻曲嘉其诚孝,远近称之,有令名。

刘海日诣深山密林,劈刀裂木;又常至纵横阡陌,竭力耕耘。卖木鬻粮,以奉其母。每有余钱,则济急困。

青木蒙霄,竹影窸窣,曦晖点落,晰泉鱼流。登山伐木,嘤鸟乱鸣,淅虫啾啼,踏歌而行,篓满欲归。忽闻密林似有女声,俄见一婉秀女子,拨枝徐出,其貌曰:粉面修眉,盈唇结露。桃腮带霜,柳目洁清。凤髻盘顶,梢尖缦香。肩被黛纱,朱绸袂飞。山兰鬓出,花开衿裳。飘飘兮若天下仙,奕奕兮犹春来花。

于是步至昭远前,不得其行。自通名姓,曰胡氏秀英。于山中来,慕君勤孝良善,欲与公子缘定三生。刘海愕然,欣然,黯然。念及自身屋漏茅破,饭食无厌;而是女着锦戴华,体纤佳丽,岂能苦之以姻?

胡氏固不弃,遂携刘海造三清,求神问卜,得之则行。昭远三拜,虔心求卦。筊杯出圣,胡氏眉开。但求同归,日夜与对。昭远犹存愧心,告之以家贫。胡氏不求利与名,愿得白首一人心。

二人欣然归刘堂,琴瑟相鸣结鹣鲽。青庐烛明,窗影扑萤。榻上低语,胡氏直言本为山间赤狸,修道成仙,逢郎伐木兢兢,心随君远。刘海得之不以弃,人狐终为度品行。

胡氏心恸,欲助夫入仙途。刘堂有一丝瓜井于侧,传井内有一金蟾,骑背飞去,则羽化登仙。胡氏吐露皎珠,以之为饵,引金蟾出,刘海一跃而为仙,洪波涌溅,珠光流粼,昭远乘波,金蟾游飞。

后人颂刘海之行孝得道,胡刘之情深,建蟾泉寺纪之。呜呼!金蟾飞仙一时,谁得诚孝行善一世?古人言之,"辅氏之役,祖姬相报",可得凿凿。

(指导老师:郑锦凤)

《刘海戏金蟾》/ 苏友德

苏友德
　　高级工艺美术师、高级技师、福建省工艺美术大师、泉州市高层次人才、德化县苏清河艺瓷苑（原莹玉艺术陶瓷研究所）艺术总监。

王羲之与鹅

梁艳婷

李白有诗云:"镜湖流水漾清波,狂客归舟逸兴多。山阴道士如相见,应写黄庭换白鹅。"

传闻王羲之喜爱养鹅,这个说法在民间可谓是家喻户晓了。他爱鹅到一种什么地步呢?且看羲之为鹅之死叹息弥日,再看羲之为鹅写《道德经》,甚至有的诗人为此写了一首诗,如尹廷高的《羲之爱鹅》。种种迹象都表明王羲之对鹅的喜爱。

前不久,于苏清河博物馆中有幸见到苏友德大师的瓷作《王羲之爱鹅》,这尊雕像可谓细致入微。王羲之许是午后小憩,席地而坐,手握团扇,悠哉乐哉。家中饲养的鹅有少许只,见此景象,也想凑一番热闹,于是鹅拖着笨重的身子,摇摇晃晃地跑到主人身边,亲昵地磨蹭着王羲之,他们像是水中伊人,亦像是赤发顽童。他则毫无厌恶之心,反而笑盈盈地抚摸着鹅白花花的脑袋。单是见到这尊雕像就足以感受到鹅与王羲之之间特殊的情结。

许多人可能会感到困惑,为何世间可爱的事物如此之多,而王羲之独爱鹅呢?其实,鹅是高洁的一种象征。王羲之的仕途不得志,但是他却不肯随波逐流,而"鹅"正体现他卓尔不群、超凡独立的人格。今日王羲之在书法领域中有不少成就,灵感得自"鹅"。平时他通过对鹅的观察,将鹅的叫声和游水情态融入其书法艺术中,他所写的"鹅"字一笔带过,也就是著名的"一笔鹅"的由来。

看似是鹅让王羲之受到了启发,实际上,成就今日之王羲之,也离不开他的善于观察。

福尔摩斯曾说过:"对一个伟人来说,任何事物都是微不足道的。"在小说中,福尔摩斯通过不同的土质判断地域,也可以通过一个人的打扮来获取对方身份的信息。善于观察,他能够对生活中的各种烦琐事物进行有效的分析和利用,从而破解一个又一个看似无解的谜案。

对于美术生，观察就是一次写生；对于科学家，观察就是一次解开奥秘的关键；而对于书法家，观察就是一次提升自我的升华。王羲之通过与鹅的日常相处，领悟鹅与书法之间的内在联系，写出了著名的"一笔鹅"。他下笔如壮士拔剑，神采动人，其笔锋犀利，字态饱满圆润，颇有鹅的姿态。而艺术家也是善于观察、联想，才能活化出这一尊传世经典，再现王羲之与鹅的无限神韵。

写经才毕即笼鹅，人物风流说永和。他与鹅的不解之缘为王羲之的人生添加了一抹情趣。瓷艺家捕捉到了这段趣味，又烧制出另一段风流，与世人传说。

（指导老师：郑锦凤）

《羲之爱鹅》/ 苏友德

苏友德
　　高级工艺美术师、高级技师、福建省工艺美术大师、泉州市高层次人才、德化县苏清河艺瓷苑（原莹玉艺术陶瓷研究所）艺术总监。

瓷语英魂

曾 钰

踏进苏清河艺术馆，只觉一阵清静，而后是淡淡的松香，令人安心。苏清河与苏友德父子之间，诠释着瓷艺传承与创新的佳话。展馆暖黄的灯光落在一件件精美的瓷器上，仿佛一靠近它，就会将它的故事向你娓娓道来。

我坚信每件瓷器都承载着艺术家的匠心与它自己的故事。它沉默不语，却能在一瞬间打动你，让你心绪翻涌。在我看见那件作品后，我更加坚定这一想法。他发冠巍峨，额头几道深深的沟壑似诉说着平生的不得志，愁眉之下深邃的眼眸沉郁，外貌俊朗却瘦削，是说不尽的饱经风霜。长须在胸前飘动，身着雪白罗服，腰系博带，好像屹立于江边，思绪已飘向远方。"是屈原！"我在心里暗想。不必看作品名称，那身"世人皆醉我独醒"的气质便是答案。恍惚之间我竟没有意识到这是件陶瓷作品，而沉醉在文学故事里。

屈原一直是中华文明中最辉煌的生命，是浩瀚星宇里最璀璨的一颗。任何的浪漫与他相比都略显狭隘，任何的爱国与他相较都逊色几分，以至于千载意未歇，人们仍在以陶瓷的形式再现英魂，纵使"堪笑楚江空渺渺，不能洗得直臣冤"，却仍要传承"亦余心之所善兮，虽九死其犹未悔"的精神。

望着大师手下的屈原，我的目光迟迟不能移开，一言不发，心里却浪涛千层，像汨罗江的江水翻滚，又掀起当年的愤怒与不平。流畅的曲线，宁静的象牙白，那是被艺术家赋予了精气神的瓷土，在炙热浓烈的火下具有了强烈的感性色彩，让你觉得陶瓷也会张口说话，带来非凡的力量。

瓷皎皎如明月，魂烈烈诉忠贞！

（指导老师：郑锦凤）

《屈原》/ 苏友德

苏友德
　　高级工艺美术师、高级技师、福建省工艺美术大师、泉州市高层次人才、德化县苏清河艺瓷苑（原莹玉艺术陶瓷研究所）艺术总监。

瓷 赋

赖子兰

吾甚幸，今赏郑建忠大师之作，遂作此文以记之。

只见一仙人立于祥云之上，一尊毗卢帽立于顶，玉石璎珞挂于颈，金丝薄烟披于身。袖挽露镯，清越纯粹，双手交叠，两指微微内敛，半架半垂然，颇为优美。

此物之最莫过仙人之相貌：唯见其鼻略挺，小巧而不失大雅；蔻唇闭而微微莞尔，目垂帘，俯视众生。其奇处非五官自身，而似大师也，尤口鼻，模样如同也，吾颇惊矣！可叹相由心生，亦如此也。

据大师所言，为得此物，需工艺之精，且火候之宜。此技非一日而成之，应经数次试验而得之。故欲成大事，非一日之事，应遇难而上，持之以恒也。

（指导老师：郑素萍）

《祥云观音》/ 郑建忠

郑建忠

　　高级工艺美术师、福建省工艺美术大师、福建省陶瓷艺术大师、全国陶瓷技术能手、福建省青年五四奖章标兵、福建省青年岗位能手、泉州市五一劳动奖章获得者、泉州市十大工艺美术大师。

甘露赋

林琦桐

癸卯年春，偶见瓷雕《甘露》，遂作此文。

寻常所见佛道僧侣之像，莫过于一僧人或坐或立，手捻佛珠，神貌静穆，口诵佛经而已。故初见此物，奇之，一僧人通体牙白，洁若凝脂，跌于浪上，垂手至髀，双目微瞑，面蔼神慈，缘唇稍翘，形如新月，口中囔囔似有所语。其衣薄比蝉翼，领且绰大，下垂而叠，如水纹样，衣尾细腻，可见褶痕，而滑入浪。浑然一体，明澈透亮。而再细观，浪卷且扬，水花腾起，如揽其身，而僧人耳奇长，鼻俊挺，头莹润，远观其貌，形若露珠，如玉凝滑，欲坠浪中，忖其意象，蛟龙入海，猛虎归林。其形且异，其意愈神。

露者，集日月之精，聚万物之灵；瓷者，经烈火之焚，汇匠人之心。露积成流，流而成江。土历揉炼，方而成瓷。荀子曰："积土成山，风雨兴焉。积水成渊，蛟龙生焉。"世间万物皆如此也。以瓷之白，展僧之魂；显露之灵，示事之理。再观其貌，体其神韵，瓷中之语，可谓神妙。

（指导老师：郑素萍）

《甘露》/ 郑建忠

郑建忠
　　高级工艺美术师、福建省工艺美术大师、福建省陶瓷艺术大师、全国陶瓷技术能手、福建省青年五四奖章标兵、福建省青年岗位能手、泉州市五一劳动奖章获得者、泉州市十大工艺美术大师。

流水之思道瓷语

赖诗显

  吾观小桥流水,庭中满地若白霜,月色皎玉盘,哀转似有忧思独难忘,隐约间,轻叹呜咽具来殇。良辰美景奈何天?单见佳人对月伫,观明月之皎皎,思远人之无在。孰若他,往后余生安肯与谁度?天地之茫茫,眼花缭乱,却独坚其本心;乾坤之荒荒,欲穷千里,却不见他身影。夜凉如水,入寒心处,捂住心头,只见青青其子衿,凝神,又不见青青衣袂,眉头皱来又舒缓,念其心悲何人堪比,只道那落叶明月不知情,桥升比肩月天高,佳人缥缈兮如真仙,吾亦为此倾心,但佳人思凡尘,洁白如真过明月之色,吾安敢多思?玷其之清白,伤远人之心?失路之人谈枯藤老树、小桥流水,只道其忆故里之山水;而吾思忖,小桥之上佳人,所忆难不更甚?只观其为陶瓷之作,德化白瓷,夺天地之造化,所营之景,吾之单思,实则白瓷之皎引而入胜。此单白瓷只一色?吾觉不然,色随悟声而入心底耳。

(指导老师:王淑贤)

《小桥流水》/ 陈建阳

陈建阳
  国家一级(高级)技师、高级工艺美术师、全国陶瓷技术能手、福建省工艺美术大师、国家级非物质文化遗产项目德化瓷烧制技艺传承人、泉州市高层次人才、福建理工大学客座教授、福建省民间文艺家协会会员

曲水流觞

张博铠

若是谈及水，那我的故乡便真是水做的，好似江南佳丽，温婉可人。连溪水拂过的清风都捎带清凉之意。那座小桥有了年头了，静静卧在那，虽已是斑驳，可终究岁月不败美人，清雅隽永，是经年的美。我隐隐能看见小桥上那人，婷婷袅袅，散发梳洗，或是长伫。可我怎会见过？再回眸，只是空荡荡。

暑假总是一年之中难得的闲散时。我总喜欢躲避城里的喧扰，当然还有烦人的补习班，来独享这难得的好时光。小桥流水过，炊烟袅袅起，随手一框都是风景画，好不惬意。太嬷早早便守了寡，儿女成人后也相继离乡，这偌大的风景画中，画中人也仅寥寥一粒而已。太嬷总很喜欢我回去陪她，虽然祖孙两人有代沟，可感情好像是不需要宣之于口的。太嬷很会做糍粑，总是可以俘获我贪嘴的心。虽然年过耄耋，可太嬷依旧健朗，还能带我下溪里抓鱼，不过基本上是她当指挥官，我当小喽啰。暑假的时光，就在这一起一落捶打面团的声音中，一噗一通踩水声中慢慢淌过。

我总是有一颗求知欲过盛的心，听闻太嬷以前是很阔绰的，嫁妆也都是顶好的，所以我便翻入堆满杂物的储藏间，翻捣那三大柜的东西。无意间，却发现了一张发了黄的照片。借着储藏间昏暗的光，隐隐看到一位豆蔻少女，一袭长衣，坐于桥畔，身姿亭亭。这是太嬷吗？我存疑。毕竟太嬷，身材佝偻，面貌也与一般老人家无异。那箱中，那落了灰的衣，正是照片上的那件。可我印象中的太嬷，就是朴素的农妇，一天到晚忙于农事，也为儿女操劳成疾。怎会是这翩翩少女？

这张照片摆到太嬷面前时，她肉眼可见的愣了一下，眼角有些微微颤抖。她颤巍巍地抚着那发黄的照片，干涸的眼中竟破天荒涌出了汩汩泉水。她用那沟壑纵横的手牵着我的手，有些迫切，又有些怀旧地问："像吗？"

我一愣，点点头又摇摇头。太嬷清嗟一声。往事拉开序幕。

太嬷出身地主家庭，早早嫁了门当户对、我始终未见的太公。与子偕老并非常态，太嬷并未得到该有的幸福。纵是外人看得多么恩爱，但只是金玉在外，败絮其中。后来时代变了，地主被打倒，太公也草草撒手人寰，太嬷和尚在襁褓中的两个孩子相依为命。太嬷以前多么金贵，可不沾阳春水的双手也不得不劳碌上，学着耕作。可毕竟不是从小面朝黄土背朝天的人，太嬷的收成总是不如意。饥饿、劳碌和批斗，无一不是可以摧毁人的利器。可这位金贵的大小姐却比旁人想的更坚强。农艺不行就学，"纡尊降贵"请教那些曾经为自己工作的贫农，被批斗也无惧，坚定信念，苟延残喘活了下来。可我看看照片上的少女，又看了看太嬷，原来这样一个看不出生机的人，也曾这么活跃过。

太嬷又引我回到储藏间，翻出了那件旧衣。衣服底下是一沓宣纸和早就破损的砚台。"那砚台是很有名的歙砚，我极为喜欢的。"太嬷轻声道。宣纸上，密密麻麻的是非常娟秀的字。我瞠目结舌，有点难以置信地望着太嬷。"没想到我会写字吧？"她自嘲一声，"可为了保全，我也不得不隐藏自己的文化。这些衣服也是我的嫁妆，"她又道，"可我不敢穿，怕被人嫉妒。"我忽然看到太嬷抄录的几句诗句："结发为夫妻，恩爱两不疑。欢娱在今夕，嬿婉及良时。"原来，太嬷也有和所有少女一般的愿望。"很遗憾吧……"我有些不忍，抬眼望了一眼太嬷。她未语，许久，却道："遗憾不遗憾有什么要紧，走都走过了，也许我是幸运的。"她又望向我，我从未发觉她的眼睛竟有那么明亮，她抚过我的手背："也许没有这些经历，我也遇不到你这么体贴的孩子。所以，一切都是冥冥之中吧。"时间就像家门口的溪水一样，曲折弯绕，汤汤不息。也有许多不平，可最终还是平淡。

太嬷又穿起这件旧衣，但已不太合身。她颤颤坐下，溪畔的风撩起她的枯发，我按下快门。定格。仍是斯人，仿佛只是瞬息之间，从未改变。

小桥延过，曲水流汤。饮下一口烈酒，可开口，还是平淡。

（指导老师：王淑贤）

《小桥流水》/ 陈建阳

陈建阳

国家一级（高级）技师、高级工艺美术师、全国陶瓷技术能手、福建省工艺美术大师、国家级非物质文化遗产项目德化瓷烧制技艺传承人、泉州市高层次人才、福建理工大学客座教授、福建省民间文艺家协会会员。

近 瓷

童梦娜

德化是中国陶瓷文化的发祥地之一，这是我从小所熟知的，但对于德化陶瓷的了解却像是隔了层纱，模模糊糊。但是一次非凡的旅程让我离这"瓷"更近了一步。

德化陶瓷历史悠久，闻名于世，德化白瓷更被称为"中国白"。观赏了王冬燕大师的作品，我领悟到了这真正的"白"。

我印象最深的是以莆田湄洲湾的妈祖为原型的白瓷作品，用抽象和富装饰味的艺术手法塑造出了一个高挑素雅，尚未成仙却犹有丝丝仙气的少女妈祖形象，修长的身段伴着褶皱长衣。冬燕大师介绍，现实中人的比例不会如此修长，也不会形成像作品上过多的衣襟褶皱，而这作品却与现实相反，采用夸张的手法而不失本身的质朴，更能突出其装饰效果。

另一个吸引我的是白瓷花木兰。战马前蹄抬起，劲瘦的筋骨，流畅的肌肉，健壮有力。木兰身着战甲披风，神情坚定，那时谁也不曾想这英姿飒爽的将军竟是女儿身。马尾和披风前扬，虽静却似动。作品未上釉，看似粗糙质地却不失光泽，搭配马下的木轮、残骸，马的鬃毛、肌肉筋骨，木兰的战甲，这些细节更显出战场的风沙扬扬、严肃凄凉。独特的是，木兰头戴的那一朵瓷花。德化瓷花也是一绝，纯手工捏塑，瓷花花瓣薄而不弱，这体现了木兰花样年华的英勇顽强。

陶瓷艺术不仅体现在对文化风俗、历史人物的刻画，还体现在与时俱进的当代潮流。在冬燕大师的工作室中，可以看到玩具般可爱的十二生肖，为石牛山设计的"三牛"，还有让我们驻足观望，惊叹连连的小白瓷印章。传统与现代的碰撞，尽显陶瓷艺术的生动有趣。

千年的底蕴，千年的传承，1300多摄氏度一窑热忱烧制出了千年流传的文化。陶瓷不是古板的、坚硬的，是生动的、柔软的。在前进的历史中它是传承，是创新。在一代代传承者手上它焕发出前所未有的光辉。

这趟旅程使我将德化陶瓷看得更清楚,更深刻。

（指导老师：林宝丽）

《替父从军》/王冬燕

王冬燕
　　福建省工艺美术大师、福建省陶瓷艺术大师、全国轻工技术能手、福建省陶瓷行业技术能手、泉州市工艺美术大师。

灵 鹿

陈鋆妮

曾以为陶瓷大师之作会尽似那历经岁月时代变迁的老者，浸染着传承千古的底蕴，浓缩着亘古不朽的深奥，严肃，端庄，单单只要矗在那儿，便使人肃然起敬，心生敬畏。

却不曾想，那只是我狭隘目光里的刻板印象——眼前灵动活泼的陶瓷作品让我不由行为之停，视为之止。那是一大一小两头麋鹿，一左一右，遥相对望，氛围和谐融洽，让人陷入其中。

大师以渐进的方式，让蓝色和紫色在鹿的角和尾上碰撞，撞得绚烂，却又不显华丽媚俗。许是因为只有鹿角和鹿尾有色彩，其余处皆留白，让这鹿平添了几分纯净的仙气。而那仅有的色彩，让其灵动而又充满生机，一下贴近了人心，让人不禁暗叹：这鹿是那传说中的灵鹿罢？绚丽与洁白的碰撞恰到好处，直击心灵，将人拉入陶艺的世界，让人体悟其中的美感和生机。不同于那其他大作，这件陶瓷既不深奥难及，也不神圣难触，而是和谐融洽平易近人地将那鹿的故事讲与人听。

这里，又何止是大鹿和小鹿的相望啊，更是前浪与后浪的相望！这一望，望的是古往今来的传承，望的是生机蓬勃的新生文化，望的更是结合更是创新更是始终不渝的坚持啊！眼前的陶瓷，更像是一名青壮年，背负着时代所赋予的使命，正朝气蓬勃而又坚定不移地承诺，承诺会传承古时气韵风采，融合新时代进步，将古老传统的文化和生机澎湃的创新结合起来……大鹿鼓励地看向小鹿，小鹿灵动地回望大鹿，作品里的一勾一勒，平滑曲直，在透亮的白瓷中似乎有股温厚的劲力，推动着、撞击着心灵深处。

我驻足许久仍是难以离去，心里突然明白：这，就是文化的传承与坚持！

（指导老师：林宝丽）

《灵鹿》/ 王祖掌

王祖掌

国家一级（高级）技师、福建省工艺美术名人、福建省陶瓷艺术大师，泉州市工艺美术大师、泉州市高层次人才、泉州市金牌工人、瓷都工匠、福建省德化县玄韵陶瓷研究所艺术总监。

戴云仙子瓷魂赋

卢明辉

一别寒山，只峰傲然，负隅顽抗，扪参历井，闽中屋脊，稍逊风骚。明月炎曦，蛮荒之地，南国丘陵，勃勃生机。信步长林，吐纳绿意，畅蕨灌之乐趣，超乔杉之高危。呜呜悦耳，竹影斑驳，猿啼哀啸，枝头摇曳。皆云三岛通祇处，偏阅红尘烟火路。

久处戴云深似海，忽面仙子姣胜桃。不饮何醉？迷离痴痴，忘却寸步。蠢而求言语降临，伫而搏一笑倾城。忖近几分也，顾之仅限远观，急近几分也，叹之不敢亵玩。衣缕飘飘，身材窈窕，纤纤玉手，柔荑嫩滑，卧蚕蟆首，秋波欲夺，美目渺兮，冰凝脂白，玉珏不堪，小嘴樱红，巧笑倩兮，所谓沉鱼落雁所谓闭月羞花，亦不过如此也。俄而惊鸿，蓦然瞥见含嫣莞尔，天地动容，驾云远去，薄影悠悠，品味无穷。

幡然醒悟，遗恨雍容，了却逝去，搔首踟蹰，抓耳挠腮，环视而无一物，纪此般盛颜兮！掘地三尺，上树七丈，寻觅流芳瓷土，胆取戴云柴火。两开一渠，龙窑顿落，败条又立，芭蕉略遮，"浮白载笔，抹月秕风"。惧霁雨，怨气候，斥狂雷，怒娇艳，烦孤寂，岂为之？骐骥千里，圆鼋始瞳，点点灯火，燎原集聚，起起伏伏。废汀富堆，烂剡连绵，渐忘仙子，怎让心叫，奈何？奈何！

碎瓦满庭，残陶嗔院，砸窑剖场，号而不效。离罢躯胎，好生彻夜。仙子托梦，乍惊突兀，润乳尖耸，秀色掩，胴体羞，示以愠意。抚其沧桑，拭其污垢，净其杂秽，一闭一开，戴云再显。猛撕沉重，勇挣疲倦，抽薪拉箱，熊熊然，熊熊燃！精雕细琢，一分一毫，穷尽极致，过愚者百万，过笑者千万，涎漫戴云，不得呼，怎得吸，岂能得众生鼎力？所谓："举世皆浊我独清，众人皆醉我独醒。"听之任之，继付初心，把持刻刀，伴随坯体，纵身烈窑中，献祭仙子宫。

泥破而瓷立，火尽而神出，煤炽之洗涤，自然之造化，鬼斧之杰作，散去大略疏阔，御来珠玑铅华。陡失端庄，乾坤崩摧，碧穹不碧，袤境不袤，骤夜蔽日，夺人世姹紫嫣红，汇上阙列宫灵枢。开窑须臾，汹吞精华，芸芸缄默，肃敬横空，得之一见，如仙子再凡，如仙子重现，袍在丛中，定格岁月，万古长夜漫漫今终卒明。痛举昆仑为肉，牛酬长江为浆，匍匐迎雪，威震浔水，足以恩泽一方，兴昌繁盛。

追忆麟儿，多苦难也，回首成仙，亦苦难也。景德年间，平平乡野，哇哇女婴，微纳仙气，遨游彩凤，枯木新芽，耄耋出行，一派盎然。有婷婷之姿，青发明眸，天成自得，呈皓腕于轻纱，现缦腰于烟罗。无须半水胭脂，何须妆黛印染。一十三年，婉出婀娜，委禽荒野，络绎不绝，闭户不见，愿夕安寝。可怜河沙，犹可止乎？盖一村之恶贯，刀光血溅，强抢至宝，疾攀深林，三更出没，鸡鸣隐没，卒见拘捕，挥泪点滴成雨。不肯耻苟贼人妇，一腔悲愤钩连迸。飞纵坠陨，死得瞑目，屈于贼人，鞭尸日曝。感化其诚，赏识其贞，勾魂引魄，位列仙班，遣守八闽，庇佑周山。

呜呼！不惜血肉，赋灵赐神，浇筑上乘佳品，源远流长，延续春秋，以供后人瞻仰。

（指导老师：林燕清）

《戴云仙子》／柯宏荣　陈桂玉

柯宏荣
　　高级工艺美术大师、中国工艺美术大师、中国陶瓷艺术大师、福建省工艺美术大师。

陈桂玉
　　高级工艺美术师、中国陶瓷艺术大师、德化瓷坛青年雕塑艺术家、瓷雕工艺美术大师。

地　藏

白如梦

　　甲板中央躺着的，是用白色的麻袋裹成蛆状的躯体。螺旋桨还在轰轰地作响，吹得晚风阴冷又潮湿，人于是都躲起来了，连仅存的骚动也不再。就像"安心号"一直做的那样，明天他们就要被监禁在海那边黑暗又渺远的高塔里了，都睡去吧。但还是有几身黑色囚衣不肯离去，两个赤裸的孩子搔着刚浸泡过的、黏糊糊的发，颓丧地盯着尸体遐想。总之，螺旋桨真是吵极了。

　　找到江河时，驾驶舱被白烟盖得厚厚实实。这个品行端正的副船长，在真正的愁苦时才会拿起这些伤身体的东西。我被呛得直咳嗽，迷迷糊糊地摸开窗，才看清那张颧骨凹陷的瘦脸，似乎往里深得更甚了——是那尊地藏菩萨，船长生前最宝贝的东西。他直直地盯着这尊瓷，眼睛里却是空了。瓷的白在晦暗的舱室里淡淡地流淌，散去，落在了江河的脸上。他缓过劲来的时候，已经大汗淋漓，紊乱不堪地喘气，我还是第一次看见他这样的失态。

　　"海是有脾气的，帆却总觉得自己能征服。"抽泣声响在柔和的白上，且愈来愈响了。

　　"真以为自己是陆地上的菩萨？拯救犯错的人？自寻死路的孩子也许需要他的呵护，可是生活在海上的人能不知道？海只会是我们的刑场！"

　　海是刑场。我倾听完江河失去兄弟的痛苦，也同样孤寂地走向甲板，迎着海风走去时，才想起它。舱室仅留的灯熄了，只有船上的海灯还在发出弱小的光。海的气息包围着我，那是一种含着恐惧的气温。小的时候，身为水手的父亲在这里把我捧在他腿上，我边啃鱼干边听他讲传奇水手的故事，我对这个世界的认识还处于一种纯真的目光时，就只能看到深沉寂静、一望无际的海洋，虽然未曾想过尸体被鱼吃掉是种什么样的体验。帆为陆上的囚徒死去，更是我想不懂的。只要看海船上的星星，喝一些狱犯藏的臭烘烘的酒，就是海员的幸福啊！

　　"死在海上啊。"我想抽支烟，却发现裤子没有口袋，就靠在桅杆上，任由双臂甩在海风里。忽然我感觉脚底的甲板在咯吱咯吱地响，黑暗里有什么东西在闪着，后来我才知道那是烟头，而老楚早就在那里蹲着了。

"老了才更需要自己的时间。"我俩抽着烟，一起靠在桅杆上。其实我跟老楚并没有说过几句话。他是这艘船的厨师长，人到花甲，从陆地上来到这有三十年了。只有当囚犯们喝得酩酊大醉，没人善后时，我不得不去收拾乱七八糟的器具，才会看见老楚。再来他任职的时间不长，也没人知道一个陆地上的人，跑来海上度过半生是为了什么。他是个奇怪的人，有时候会说出一些莫名的笑话，或者说一些很有哲理的话，更多时候只是平和地微笑，没人懂他的心思是什么。

"那么说，在那样好的年纪里来到海上也是为了寻求自己的时间啊，家里还有妻儿吧，不担心吗？"

"都是另一世的人了，用不着她们为我操心。"他缓缓地吐了一圈，白烟遮住了他的脸。"三十五年前啊，去乘游轮度假的时候遭遇了海难，出发的前一天啊，她们还笑得那么快乐，漂亮得像花一样。"

我停住了笑，却看他还是一副平和的样子，什么话也说不出了。只是也会忧伤，像解开了一个哀伤的寓言的谜底那样。但是不解却没完没了地蹦出。那为什么要来海这个伤心地呢？自此就不需要陪伴了吗？你都那么老了啊。帆，你跟帆一样奇怪，为此搭上自己的一生，便是正确的吗？我还在痛苦地思索，老楚吐出了浓浓的白烟。

"你知道杨帆第一次来到这船上是什么样的吗？"他平静地笑着，丝毫不觉得这话的过渡那么生硬，但偏偏这才是我最想知道的。像个先知一样，我的思虑又被这个怪人看光了。我从桅杆撑起身子，白烟从他的笑眼里慢慢散开。

"是以少年犯的身份。好久以前的事了，我才在这工作两三年的时候吧，他搭了那一批船。个性孤僻得很呢，难以想象他只有十八岁。进船后便一个人蜷缩在甲板一角，基本不走动，就算走了似乎也没离开过甲板。就连吃饭也是，我坚持说了好多，他都不曾看我一眼，好在行囊里边有带些能填肚子的东西，就是拒不接受别人的帮助。直到有一回终于出事了，被人围着打了，被发现时已经瘫在锅炉舱那，头破了个大窟窿，身上的血流了一地，再晚点就性命难保了。"

"那时候，船长为了搜寻他，疏忽了驾驶，结果船舶搁浅，船长义无反顾地跳下船往底部查漏，捂着伤口硬爬上去调整驾驶。很努力了，但老天不领情，还是受伤了，一条臂最后也不得已截掉了。也就是从这之后，帆就变化了许多，他的自尊心也是不允许这样依靠别人的。后来听说他在狱中表现得不错，出狱后就给船长搭把手了。后来我听说，帆的父母亲都是瘾君子，他被放养大，落到了走私队。他那时说本以为这就是他人生的全部。船长死后，他继承了这个事业，过去的很多年，便就像你记忆的那样，他把心力全献给海洋了。

"帆最宝贝的地藏菩萨，是老船长的遗物。有些人，像帆那样的人，就是想着去尽已所能地帮助人，不论是谁他都会救，身为海员，身为'安心号'的船长要继承的东西。在他那里，只有这么做才是个交代。"

"我的爱人们在无常中失去了性命，我以自己的意愿来到了海洋，静静守护她们，就是我做出的选择。"他的手搭在我的肩膀上，用力捶了两下，说道："海员，未来会死在哪里我们无从知晓，这个世界的一切都在一刻不停地变化。等地藏菩萨到你手里的那一刻，你自然就懂了要怎样去做了。"

烟抽到末了，层叠的云朵里射出了光线，灼热地涌动，看来灰暗在下一秒就要被它浇灭。我知道黎明将至，便谢过了老楚。他闭眼，柔和地傻笑着，不知道想到了什么幸福事。我跑进驾驶舱，却发现江河也守到了光线。他正站在光下，窗口此时注满了流溢的金。船只还处于寂静里，却躲开了死亡带来的恐惧与凄凉，我感到被一种盛大的力量所包围，等晃过神，我看到江河手中的地藏菩萨，它在光明里闭着眼，记忆里在恣意肆虐的大风下也是，始终平稳安详，在海浪的颠簸里静静地祷告。

船上渐渐有了动静，热烈的火球跃出了云层，这会儿它是旭日。停到港口时，囚人一个个下了船，我看见了那无际的港湾——也许是我第一次端详这块土地，沿着码头一直向东伸出去，然而目光跟不上，割舍在海的气息里，这个早晨的它好像并不再让我恐惧。我想到今后未知的一切，却被身后的哨响打断了，江河站在升降台，扬起高高的帆，光随着它起伏、波动。

嘿，旭日也在为下次的航行祝福。

（指导老师：林燕清）

《大地》/李璋高

李璋高

国家一级（高级）技师、高级工艺美术师、福建省工艺美术大师、福建省陶瓷艺术大师、福建省雕塑大师、福建省技术能手、福建省五一劳动奖章获得者。

瓷器上的《牡丹亭》

徐珊妮

  湛蓝的浐溪水如丝带般盘旋在碧绿的群山之间，德化坐落在群山的怀抱中。山美水美，人杰地灵，孕育出一代又一代、一批又一批的陶瓷大师。他们志在瓷，凡土块泥，土与火煅烧，腐朽化神奇，件件极致。

  走进陶瓷展厅，在杨德宝大师的介绍下，每一件瓷器作品化为一个个精彩的故事，让人听之向往之，深深领略"土与火艺术之美"，感悟到"人生百味"。我被作品《牡丹亭》的杜丽娘的白瓷形象深深吸引。杜丽娘面色温润，衣服的线条柔软流畅，衣服上渲染的点点色彩如漫步花丛中黏上的花粉。运用瓷花工艺复原发饰，头顶的花精美细致，额前的发饰、耳边的挂坠都清晰可见。《牡丹亭》借杜丽娘这一人物经历，表达了青年男女为追求幸福生活和美好理想，敢于冲破封建思想束缚的战斗精神。杨德宝大师的《牡丹亭》，以杜丽娘的惊梦、寻梦、闹殇三个不同的造型"亮相"，或为"沉鱼落雁鸟惊喧，羞花闭月花愁颤"的娇羞，或为"蹁跹小步，悠悠登台，水袖流连，道不尽风致楚楚"的婀娜，阐述情意萌动的少女突破世俗封建礼教追求所爱之佳话。我从中感受到了作品展现的摆脱束缚与桎梏，不迎合过往与当前，勇于突破，敢于追求自己梦想的精神。

  恰同学少年，风华正茂。青年的我们拥有无限潜能，我们应该秉承陶艺大师的匠心，自强不息、勇于奋斗，迎接挑战，在大有可为的时代做大有可为的人！

（指导老师：林银英）

《西厢记》/ 杨德宝

杨德宝

  福建省陶瓷艺术大师、福建省工艺美术名人、全国陶瓷行业技术能手。

龙女赋

叶诗龙

龙王之女，时垂髫偶听文殊菩萨之诵经。通达佛法，发菩提心。手执琉珠，掌运珠藏。

感其美艳而神绝，遂作斯赋。

翩翩重溟而上兮，游龙盘拥；楚楚神造袅娜兮，眉黛青鬟。波流萦旋，百花相簇，云霓牵风，雾霭带露。龙女之容，娇如芙蓉，艳若游鸾。目柔含情，纤睫脉脉。络腮妃红，透圆燕瘦。果唇枣生，莞尔嫣嫣。玲珑花髻，幽然绾芳。肤白及玉，润腴欲溢。皓颈瑠滑，清涌光洁。肩如碧烟，腕如薇枝，灵丽生气，盈立亭亭。体环飘带，姗焉依依。身履素衣，霄洗脱出。腰衿凌飞，飘然仙成。座生菡萏，满衣馨香。

于是龙女跬步徐趋，悠悠兮若南熏。鸾步所至，叶稠枝茂，莲香暖毽，鹃啾升平。足履浮跃沧洪，堂堂兮若慈母。裙袂所及，波涛激涌，腾龙猛卫，秀鲤警飞。龙女踏走心赴柳毅，满面惠风唯念郎君。万籁吟咏，雨奏合禽。百媚千娇，龙凤恋卿。

白瓷之意，可得神传。

（指导老师：林宝丽）

《龙女》/林禄扬

林禄扬
　　福建省工艺美术大师、福建省陶瓷艺术大师、国家级非物质遗产项目德化窑烧制技艺 省级代表性传承人。

中国白，故乡魂

赖语蓁

　　光，盈盈秋波里盛着悲天悯人的慈悲。透过白瓷，似是看到几十年前的弘一法师静坐在蒲团上，低语："相逢的意义在于照亮彼此。"而今，以德化白瓷为载体，在几十年后的今天，我们与弘一法师相逢。这场跨越时空的相逢，亦照亮了我们，素雅的白瓷虽无斑斓的花纹和艳丽的色彩，但那抹"中国白"在朴实无华中，向世间万物诉说着弘一法师那美妙而稀缺的"喃喃低语"。

　　"世界白瓷看中国，中国白瓷看德化。"白色，其素雅的美感和自然天成的韵味，契合了东方美的含蓄留白，宁静婉约。而德化的白瓷，如脂似玉、恬淡素雅，给人以温柔的美感享受，传达出浓郁绵长的东方情绪。

　　白瓷在几千度的高温灼烧下，经历无数腐蚀、磨砺和漫长时间的考验，方使得那纯白化作不可思议的艳红，含着千秋碧血，挺着铮铮傲骨。历史车轮滚滚向前，无数文人墨客，将文人气骨和民族气节融入这白瓷。似乎，瓷不仅仅是瓷，更是万万千千的文人雅士、将士布衣的骨血。他们将骨肉鲜血与他们终其一生热爱守护的土地化为一体。捧起一抔土，制为瓷，那是泥土的再塑，是前人生命的延续，是民族气节的传承，更是中华儿女对脚下土地的深深眷恋！

　　拨开历史的迷雾，穿越千年的时光，中国白仍旧如一。"人的故乡，并不止于一块特定的土地，而是一种辽阔的心情，不受空间和时间的限制。"它可于千里之外，唤起这种心情，似是我已回到了故乡。白瓷早已融入德化人的骨血，在我们山一程、水一程的征途中，提醒我们家的方向，承载着我们安放于故乡的灵魂。

　　那抹中国白，在岁月长河的冲刷下，只是平淡地伫立在中华文明的深处，低语诉说……

（指导老师：林志坚）

《弘一法师》/ 张明贵

张明贵

　　高级工艺美术师、国家一级（高级）技师、福建省工艺美术大师、泉州五一劳动奖章获得者、泉州青年五四奖章获得者、德化瓷烧制技艺非遗传承人、德化陶瓷艺术大师联盟副秘书长、厦门城市职业学院客座教授、德化美术家协会副主席。

白瓷恋

林润锦

问世间，情为何物，直教生死相许？
——《摸鱼儿·雁丘词》

一尊瓷器便是一个故事，或激越昂扬，或清灵淡雅，附着的光润釉面掩映着历史万象，点染的青色花纹细数着往事遗尘……

她，风姿绰约，温婉迷人；他，玉树临风，温文尔雅。他们在通透明净的玻璃罩下，被几名慕名而来的学子端详。光洁的釉面反射着冬日的暖阳，在流转的光晕里，似有一对紧挨着的模糊人影闲庭信步而来，又猝而化作两只翩然的蝴蝶，与我描绘着这令人动容的《化蝶》……

何曾想到会以这样的形式见到他们，见到这段悲情而令人羡慕的古老恋情，见到这段妇孺皆知的传说。在徐才提大师巧夺天工的手下，梁山伯与祝英台相拥化蝶。静谧里，他们默默看着对方，柔和的曲线勾画出两副洁白的脸庞，微笑中，他们静静相拥，似乎忘却了自己半个身子已化作蝶翼，忘却了化蝶的痛苦。看着他们盈盈的眼波，尘世的喧嚣悄然退至远方，时间如同被熬煮熔炼后的糖浆，被无限拉长，他们的周围闪烁着点点星光，那是他们爱情的结晶，在遭受数百年时间长河的洗礼后历久弥新，经过千百代民间的传颂后愈发凄婉。

"唱罢秋坟愁未歇，花丛认取双栖蝶。"数千日同窗苦读经冬夏，三年来共历春秋书衷肠。一次告别，一个转身，一下错过，多少爱而不得的悲恸，多少后知后觉的悔恨，多少衣带渐宽的哀思，多少共同赴死的决绝，个中百般滋味，如人饮水冷暖自知。不灭的是那白瓷般圣洁坚贞的爱，那细细纹理谱写成的古老恋歌。有时回想，常常惊叹，总是感动，那白瓷之恋在流淌的光阴里恍若一道梦中剪影，朦胧中抹不掉，忘不了。感念至此，愿赋小词：

蝶恋花

三载同窗逢年少,结义金兰,怎奈情难料。堤上暗传意未了,相拥化蝶赴芳草。

才匠巧琢白瓷造,提笔挥墨,重见佳人笑。玉润光转无人超,精绝之技乡人傲。

(指导老师:林志坚)

《化蝶》/ 徐才提

徐才提

高级工艺美术师、国家一级(高级)技师、中国传统工艺美术大师、国家级非物质文化遗产德化瓷烧制技艺代表性传承人、全国陶瓷技术能手、中国十大名窑创新者、重建汶川爱心大师、福建省工艺美术大师、福建省陶瓷艺术大师、福建省民间艺术家、中国陶瓷工业协会常务理事、中国工艺美术协会理事、福建省陶瓷艺术专业委员会副会长、德化县阿凡提陶瓷雕塑研究所所长、才提陶瓷艺术馆馆长。

岁月失语，陶瓷有言

陈 妍

站立在历史的海岸漫溯那一道历史的沟渠，一位美人款款而来。初识时，她"回眸一笑百媚生，六宫粉黛无颜色"，迷雾四起，她又缓缓退场，我不禁为"马嵬坡下泥土中，不见玉颜空处死"的她而潸然泪下……历经沉浮，那一道光彩的身影，穿越历史的苍凉与沉重，再一次抵达我刻骨铭心的记忆深处。

又见杨贵妃，缘起一次陶瓷参观。当踏入展厅的那一刹那，一件作品立刻吸引了我的眼球。她一对柳叶眉弯弯、一颗赤色美人痣、一双含情桃花眼，身着绫罗彩衣，斜躺在洁白的瓷枕上，倦意里带着几分喜悦。

轻抚玻璃展柜，冰冷的触感让我一瞬间恍惚。恍惚间似有一道轻柔女声传来，诉说着种种过往。透过她的声音，我看见"开元盛世"的一片歌舞升平，长安的热闹非凡；看见"安史之乱"后的兵荒马乱，香消玉殒，国破家亡。"盛世需要美人点缀，乱世需要美人顶罪，人人都说我是祸国殃民的妖妃。"她的声音陡然提高转而悲凉，我的心不禁为之一颤。同伴们的喊声，让我从思绪中抽离。再细看这一件《贵妃醉酒》，我为这栩栩如生、呼之欲出的人物而赞叹，更为陶瓷大师的手艺所折服，每一个动作都倾注了十二分的心血。过往早已成为永恒的回忆，但陶瓷百年如一日诉说着过去的故事，承载着无数人的希望扬帆而起。

"莫向斜阳嗟往事，人生不朽是文章。"如此，生于瓷都长于瓷都的我也可以骄傲地说："人生不朽是陶瓷！"岁月的车轮滚滚向前，陶瓷依旧静静地诉说着过去的故事。岁月失语，陶瓷有言！

（指导老师：林志坚）

《贵妃醉酒》/陈为坦

陈为坦

国家一级（高级）技师、全国陶瓷技术能手、福建省工艺美术大师、福建省陶瓷艺术大师、泉州市五四奖章获得者、德化瓷烧制技艺非物质文化遗产传承人、德化县润金陶瓷艺术总监。

孔明出征

林宇枫

"受任于败军之际，奉命于危难之间。"此前每闻此句，总叹那卧龙先生，虽为文儒之辈，尚能于战车上展露英姿，往往引人联想其悠然自信之态。而今日，得益于学校之助，我们有幸拜访阿凡提陶瓷雕塑研究所，参观徐才提大师之精美工艺品。作品均是精雕细琢，栩栩如生，然佳作间有一者，战马作长嘶态，而其人稳坐战车，信为胸有成竹之状。此即"庶竭驽钝，攘除奸凶"孔明者也。

作品名曰《孔明出征》，正是描绘诸葛亮乘素车，驱战马，自信而志满之出征情形。远而观之，战马健壮，前蹄上扬，斗志昂扬；马后拉孔明所坐素车，中又有链以控制战马；惊异之而前去以细细观察，此铁链无比细致，每一环不过瓜子大，环环相接，历历而无形状不一者。马首下垂有一段铁链，小心翼翼而吹之，甚至可使之摆动，心已震撼。沿铁链再向人像望去，孔明手执羽扇，短髯而长须，通天冠下是一张自信脸庞，神情似言胜券在握，又不乏临阵之专注。

孔明出征，其势昂扬，作品约莫一尺长，仅一人、一车、一马，便教人不禁想象出其前方敌军之彷徨，及其身后大军蓄势待发之状。遥想动荡的三国诸葛亮受三顾茅庐而出仕，许刘玄德以驱驰；改连弩，作八阵，以火烧赤壁，运木牛征战；对阵曹军，智斗司马，是在素车上，几番上演妙计，成就壮举，也向来是在素车上。

又视其作品，仿佛先前所想那荡气回肠的历史，都凝固在了这白色塑像间。不禁再叹徐才提大师工艺之精妙：锁链之细致，非浮躁之人可得也；神情之栩栩，非用工粗糙之人可造也；气势之待发，形象之鲜明，非熟于其事者莫能勾勒也。何况成形之后，更有烧成等考验。作品细致之极，然尚能高温烧成而不开裂，其考虑周到，更显其技艺精湛。

望《孔明出征》，赞其作精妙之余，我又思忖，如此大作，如此技艺，非一日之偶得，乃长年累月钻研，心无旁骛，精益求精，方能成就焉。是以无持之以恒，加之专心致志，则无他日登堂入室，更无问他人之称道。是孔明所言也："非学无以广才，非志无以成学。"故今日所观，感言是矣。

(指导老师：林志坚)

《孔明出征》/ 徐才提

徐才提

　　高级工艺美术师、国家一级（高级）技师、中国传统工艺美术大师、国家级非物质文化遗产德化瓷烧制技艺代表性传承人、全国陶瓷技术能手、中国十大名窑创新者、重建汶川爱心大师、福建省工艺美术大师、福建省陶瓷艺术大师、福建省民间艺术家、中国陶瓷工业协会常务理事、中国工艺美术协会理事、福建省陶瓷艺术专业委员会副会长。

飒爽英姿五尺枪

甘晨玮

"杨门女将群芳谱，血战沙场穆桂英。"中国古代四大巾帼英雄之一的穆桂英，如今以一尊白瓷再现。透过清澈的白瓷，人们看到的是能为国家付出一切的中国古代女性。

虽历史并无记载，但穆桂英的故事在民间广为流传。京剧中，穆桂英将杨宗保打败后，把他绑缚，用刀架在脖子上逼婚。不受封建礼制限制的她，也注定会在那个女性不被重视的时代脱颖而出。

与京剧里的华服彩饰不同，白瓷孕育出的穆桂英柔中有刚，刚中见柔。作为刚过门的妻子，杨门女将毅然决然挑起大梁，挂帅破天门阵。从白瓷看她，背上插着传令旗，头上戴着雉翎，俨然有一股女将军的风范。大破天门阵后，佘赛花百岁挂帅，穆桂英也亲挂先锋印，连破强敌，在虎狼峡，穆桂英惨遭西夏的阻截，她身先士卒，最终死于乱箭。但杨家女将的事迹流传至今，不仅留于白瓷，更有诗云"挥师鏖战天门破，拉朽摧枯神鬼惊。智勇双全明大义，英姿巾帼史峥嵘。"

"滚滚长江东逝水，浪花淘尽英雄。"历史长河中，战争卷起一朵朵浪花，但辽阔江河湖海，远不止穆桂英一个巾帼英雄。有"万里赴戎机，关山度若飞"代父从军的花木兰，有"由来巾帼甘心受，何必将军是丈夫"的秦良玉，更有"身不得，男儿列，心却比，男儿烈"的秋瑾。

就如多年前，世界知道东方无比繁华的唐朝。而今日，东方这片土地上，人们依然记得无数为国挺身而出的巾帼英雄。

付出的背后，是千百年来，女性不曾改变的担当。或问，何为担当？我想，是对自己负责，对家庭负责，更是对国家、对时代的责任。又问，怎样才算有担当？我认为，万千女性是对此最好的诠释。在百许平方的小家庭里，她们或许是家庭主妇，承担的是不可或缺的柴米油盐酱醋茶；在一族几百口人里，也不乏掌权的女性，就像《红楼梦》中贾家的王熙凤；各个国家，甚至是联合国里，也都有女领导人，她们肩挑苦海，拳握凡杂。修身齐家治国平天下，这就是担当。

在古代，大多数女性不被重视，就算如此，依然有如花木兰、穆桂英一般"不爱红装爱武装"的女子。今天男女平等的时代，也是她们从腥风血雨中奋斗而来的，黄河湍急汹涌，其中有如她们一般勇敢者的故事。

回头看面前这尊瓷，仍有将军跨越千年的神韵，更萦绕着刚柔并济的风采。一尊纯白的瓷，一段已成追忆的往事，于是我写下《飒爽英姿五尺枪》。

（指导老师：赖爱梅）

《巾帼英雄穆桂英》/ 连德理

连德理

国家一级（高级）技师、高级工艺美术师、全国技术能手、中国传统工艺美术青年大师、福建省工艺美术大师、福建省陶瓷艺术大师、福建省雕刻艺术大师、福建省技能大师、泉州市级非物质文化遗产项目德化瓷烧制技艺代表性传承人。

飞龙在天

曾楚莹

　　明月缓缓地从天山升起，蒙着一层薄纱，俯瞰高地上的古城敦煌。千百年来，明月与莫高窟，一同旁观着这个世界，看王侯将相乱哄哄，你方唱罢我登场；看金银财宝转眼成荒草枯杨；看轻歌曼舞刹那变朽木死灰。

　　敦煌如同她的母亲一般，酣睡在亚欧大陆的腹地，欧洲人扬起的风帆没能吹动她的秀发；蒸汽机的热浪没能打扰她的美梦，直至那一声炮响，敦煌才睁开了她的眼眸。

　　于外人而言，敦煌是风沙遍地的无人之域，但对于那些手持枪炮的强盗们来说，那里是千佛之国，莫高窟里的一卷卷经书、一幅幅壁画、一尊尊佛像，比那些高宅大院里的白银更让他们动心。

　　毕竟，那些财宝虽珠光宝气，却不能比上泛黄发脆的敦煌的分毫。

　　一批又一批的"探险家"来了，他们用手中的几两银子，换去一车车的经书、佛像、一墙墙壁画……

　　月牙泉的水位在上涨，传说那是敦煌的眼泪。

　　又是一个狂风大作的下午，莫高窟的某一洞窟中，几块银子从一只手转移到了另一只手中。攥在手上的是有些生锈的银子，落入他人手中的，却是几千年瑰丽的文明。

　　他们手中拿着工具，走到那个洞口时，停下了脚步——那是一幅观音像。

　　眼眸半阖，似笑非笑，神圣祥和，带着一种穿越千年的美丽。

　　他们禁不住退后好几步，被这份不可侵犯的庄重震慑得不敢上前，就仿佛第一次进入莫高窟时，望着满室的奇迹，连呼吸都像是亵渎。

　　但很快，这份对美的欣赏，就被他们掠夺的兽性排挤出心中，他们开始兴奋地讨论这幅壁画价值几何，怎么分赃。一双又一双沾满了亚非拉民族鲜血的手伸向了壁画，肆无忌惮。

　　难道苦难悲惨的命运就要这么一代接一代地延续下去，如枷锁般不可打破吗？

远方隐隐传来了一阵阵石块相碰的声响，那是山顶洞人在打磨石器，哪怕茹毛饮血，他们也会抬头仰望星空，遥想天上的街市所陈列的，定是世上所没有的珍奇。尧舜禹的时代过去了，夏商周伴着铿锵作响的青铜器到来了。春秋，铁器的声音带了些浑浊，这浑浊渐渐转为一种似乎来自自然却难以辨明的动物鸣叫的声音，是来自龙。龙是中国几千年来的图腾，干旱时，向它求雨；灾难时，向它祈福。

此刻的龙吟，仿佛给人们带来了祥瑞，而那些心中有鬼的强盗们，却如同听到了丧钟般面如土色。观音飞出了壁画，乘上龙，伴着龙吟与远方悠悠驼铃，飘荡出了天际。

"宁可枝头抱香死，何曾吹落北风中。"那幅观音宁可离开千百年沉睡的故土，也不愿被供奉在外国的博物馆中。她在空中，含笑看着这方可爱的土地，看着这方土地上的儿女。

此后，烈士们宁为玉碎，不为瓦全，为理想、为家国献出生命时，总能听见远方传来声声龙吟。

此后，国宝从海外回到家乡时，故土的方向，总浮现一片佛光。

潜龙在渊，飞龙在天。今日，莫高窟重现辉煌，于大漠深处看盛世繁华。中国也打破了破旧的枷锁，以自信的步伐迈向世界。

而那骑龙观音，仍旧在苍茫云海间，俯瞰今朝之中华。

（指导老师：赖爱梅）

《翔龙观音》柯国镇

柯国镇

  高级工艺美术师、国家一级（高级）技师、福建省非物质文化遗产传习所传承人、福建省工艺美术大师、福建省工艺美术名人、福建省陶瓷艺术大师、福建省陶瓷行业十大杰出人物、泉州市特色专业领军人才。

黄沙消散，我已亭亭

许子妍

潮起潮落，花开花谢，悠悠青史伴着一曲琵琶，漫过青纱，挑起月明，剪不断理还乱的，是昭君远嫁边塞的乡愁，弹不完思还茫的，是无数渴望独立之女性的余生。

昭君美

初见《落雁》，一眼惊鸿。她就那样静静地伫立着，一袭粉衣自然下垂，半抱琵琶，袖手间是风情万种，眼波温柔了岁月，流转了山河。王昭君生来美丽，集天地之灵气，如皓皓明月般皎洁，如尊尊白瓷般细腻，如杯杯陶土般本真。少女初长成，便要离开儿时浣溪的家乡，琵琶傍身，远赴深宫大院中。身处帝王的囚牢中，她对贿赂画工，为画像增添姿色感到不屑，比起获得帝王的宠幸，她更希望留下尊严。难见圣上，便独处宫殿，玉指在细弦上轻抹慢捻，悠扬曲声在空中飘荡，久久不散。

昭君愁

曲声萦绕在房梁，不知不觉过了好几个春秋，作为用青春铸成帝王祭坛的宫女，本将在漫长的等待中度过余生，昭君却落得了"满面胡沙满鬓风，眉销残黛脸销红"的下场，将去往遥远的边塞之地，嫁给素未谋面的匈奴首领。想到这里，她轻抿微冷的空气，眼眸微微半闭，半个身子往前倾，手肘用力往上抬，随即重重落下，手指发狠般拨弹琴弦，发泄自己将要远离繁华长安，携同花甲老人去往漫大黄沙、灾害频繁的荒凉边塞的愁苦情绪。琴弦猛然崩断，四周一片死寂，只泛着难以言说的清冷与伤感。滴滴热泪从脸颊滑下，沾湿青衫。昭君如此坚韧之人，此时也难免如水般多愁了。

昭君愿

曲声随凛冽寒风吹往塞北的天空,引得大雁为之停留驻足,同感孤凄悲凉,不留神掉落在广袤无边的大漠上。她身背琵琶,看着脸颊通红的匈奴人民,耳畔响起陌生的胡音,漫天黄沙席卷而来,她只觉"悠悠天宇旷,切切故乡情"。这愁苦并没有随着时间的流逝淡去,甚至连心爱的琵琶都离她远去,虽有当地人为她制作"浑不似",但终究不如中原的工艺。她努力为他们做些什么,教他们如何纺织耕种,教他们说汉语学礼仪。两地关系日渐紧密,她却伫立在荒寒边塞,飘飞的蓬草正朝着故乡的方向远去,昭君望着来时路,回看过往人生,从深宫中来到边塞,先是中原帝王的宫女,后来又是宁胡阏氏。愿来生可以无所畏惧地来,仍坦坦荡荡地离开,不做他人附庸,她低下头眉眼微闭,心中燃起如火般强烈的希冀,这火焰如同琵琶声,煅烧着蒙着黄沙的泥瓷。

琵琶一曲,辗转千年。历经数道工序,烧制完成《落雁》。

由瓷人小心捧出,如潇潇青竹伫立着。经时间的锤炼,陶瓷工艺在继承中不断创新,无数动人作品,再现历史,重焕光彩。漫天黄沙不再弥散,一代代女性也早已是世界不容分割的一部分,自豪地占据了那坚实的一片天。

(指导老师:赖爱梅)

《落雁》/陈辉奕

陈辉奕
国家一级(高级)技师、福建省陶瓷艺术大师。

青白杯，宽窄口

林诺涵

见识过万马奔腾的宏阔，洁白的骏马桀骜不驯地扬起前蹄，项上的鬃毛似乎被风吹起，战马的嘶鸣就环绕在耳畔，又被猎猎作响的北风吹断，淹没在旷远的荒野里。

见识过佛光普照的神圣，灯下发黄的孔雀张开翅膀，身后的尾羽犹如展开的折扇，低垂着眉眼的孔雀大明王端坐在莲花台上，口中尽是西天佛塔云霞的梵呗。

但在战马铿锵的蹄声与佛祖高洁的吟诵声中，真正令我驻足良久的，是两个茶杯。

差不多高。左边是标准的"猪油白"，端正地立着，在展馆灯光的映照下反射出温暾的黄光；右边的更接近"天青"，杯口略微外张，类似于喇叭口，在偏暖的灯光下却显出幽深而淡雅的青色光泽。

天青地黄。

青色的瓷更多是景德镇的代表样式。江西的古镇因为这一抹青色被冠以"瓷都"的美名，随着瓷器晃荡在悠悠的驼铃声中，穿过绵延万里的黄沙，散播到世界各地，被商人争先恐后地收购。瓷器和古镇都像雨中青色的天空一般，收获了世界的注视和交口称赞。

白色的瓷更多是德化的代表样式。猪油一般温和的高岭土为艺术家们提供了他们所需要的条件，使得骏马的马鬃张狂不羁，也使得佛祖的衣袂自然飘逸。白瓷被稻草包围，乘上远航的商船，将海上的清辉与圆月盛进杯中，却似乎忘记了带上家乡的名称。温暾的瓷器和沉默的山城都像黄色的大地一般，在沉默许久之后即将开口。

窄口宽心。

青色的杯口略微外张，喇叭口一般放大了瓷杯在视觉上的宽度，似乎也将景德镇与"瓷都"连在一起，向全国乃至全世界唱响故乡的名号，声音被放大，所有人都已经听见。

白色的杯口却规规矩矩地与杯身同宽，容量却并不因此减少。窄窄的杯口之内便是腹中宽宽的度量。温和的德化艺术家，并非没有遇见过困难和瓶颈，但他们能够从始至终地保守创作的本心，用柔和而利落的"练""拉""印""利"完成自己的作品。一位艺术家谨记着"十艺九不精"，专注于一种技巧，向内投入了数不尽的资源和全部的精力，最终能够暂时忘记身后的成本，在谈论自己的作品时露出满意和轻巧的笑容。"将自己的一生投入到一件事上，才能将其做好。"另一位艺术家如是说，工作室的墙上挂着的手抄《心经》，或许就是他平静内心的映照，展馆里庄严肃穆的佛像隐隐透出的是艺术家对作品的炽热感情。

他们将工匠的技艺与精神展现得淋漓尽致。

从瓷都走出的少年也应如此。

保持温和的态度，不失开口的勇气，传承工匠精神，走向世界，为故乡发声。

如大地一般沉稳而厚重，窄口而宽心。因为我们不缺历史的积淀，古老瓷窑未熄的炉火便是最好的证明。

（指导老师：赖爱梅）

《瓷杯》/ 周金田

周金田

福建省陶瓷艺术大师、福建省高级工艺美术师、福建省工艺美术名人、中国工艺美术协会会员、福建省陶瓷专业委员会会员、德化恒玉陶瓷有限公司艺术总监。

破　界

赖子恒

她原只是宫中一妃子，通晓音律，能歌善舞，受皇上宠幸。

他本仅为县城一匠人，技艺高超，享誉中外，受世人敬仰。

恰逢玄宗设宴百花亭，约贵妃同往赏花饮酒。贵妃先至，却知皇帝已幸江妃宫。懊恼欲死，借酒消愁，忘其所以，放浪形骸，翩然起舞，频作淫意之态。

正巧匠人行经珠宝店，为花丝镶嵌工艺所吸引，灵感油然而生。精雕细刻，捏、塑、雕刻、刮、削、接、贴交相应用，工致典雅之仕女油然而生。以花丝为骨，黄金为料，掐、填、攒、焊编结成型；再以镶嵌作饰，挫、锼、捶、闷、打、崩、挤、镶佩戴成型，精细高贵之珠宝令人叹为观止。

她违背宫中禁令，妩媚弄姿，却留下"中国历史上惊艳的饭局"。他打破陶瓷与珠宝的壁垒，力求创新，而作出独具一格的新式德化瓷。

也许会有人说她作为宫妃，更应注重自己的行为举止，仪表体态，不失贞洁。也许会有人讥笑他异想天开，违反古训，将高洁的瓷与虚华的器混为一体。

破界者，往往是孤独而备受质疑的，往往，不被世人所理解，不被世界所接纳。

但传奇，往往由他们所书写。

听，那京剧《贵妃醉酒》早已在全世界唱响，那段风流逸事至今仍有人在诉说；看，那瓷塑《贵妃醉酒》肤如凝脂，粉面含春，身段婀娜，加之满身珠宝锦绣，飘逸的丝带突出她的仙姿绰约，精细的珠宝衬托她的典雅华美。造型的柔丽雅致与内在的唐朝女性之美合二为一，造就了让世界为之惊叹的作品；瞧，他们打破了自身的界限，为中华文化留下了不朽瑰宝。

界，限定的从来不是他人，而是自己。

破界，也许会受他人质疑，也许会被世界排挤。

破界者，不仅要说服他人，更要战胜自己。他们打破认知的壁垒，只为

瓷语生辉

找到更广阔的世界，看到更光辉的未来。

我们需要更多的破界者！

（指导老师：郑锦凤）

《贵妃醉酒》/ 许瑞卿

许瑞卿

瓷都德化许氏瓷雕第六代传人、福建省工艺美术大师、福建省陶瓷艺术大师。

大漠铸核盾　国防奠基石

林元甫

"老林，起床了……轻点轻点，儿子还在睡呢。"妻子黄建琴小声地和身边缓缓爬起的老林说。"哎呀，知道了，每次这么早起来，我们走的时候儿子都还没醒呢，而且每次都是深夜归家，儿子躺下了老久，我们才回来。他一天到晚都见不到我们，怪对不起他的。"你边穿军大衣边感慨，"你这个人，一天到底要抱怨几次呢，这是事实，不能改变的事实，祖国和事业需要我们这些人才，我们要舍小家为大家，这么大的人了，连这个道理也不懂……别废话了，赶快把水和窝窝头热一下，等会儿儿子也要用呢。"

"好好好，听你的，哎呀，别这么说嘛，你不是也很想儿子？真是死鸭子嘴硬。哎呀，你打我干吗，我还要烧水呢。"

"老林，愣着干什么，出门啊！"

"别催别催，我再看一眼儿子，就一眼，一眼……"儿子的呼吸均匀而细微，显然还在熟睡中，你看到他的手露在外面，就轻轻地将他的手挪入被窝，并将被子向上拉了一点，盖得更严实点。最后走出房门，将要关上的时候，再偷偷看了一眼儿子，露出甜甜的微笑，关上房门，朝走出老远的妻子喊："老黄，等等我啊！"

你坚持要求医生将他调回普通病房，只因在重症监护室中无法工作。

你终于躺下了，可再也没起来过，生命最后一分钟国家才公开了你的身份——核工作者。与你一起战斗53年的妻子拉着你的手说："老林，你现在终于属于我了。"说罢，发现手中有一纸条，写着："把我埋在马兰！"

也许在工作完成时，你露出了当年的那个微笑，回想起了22岁时的那个秘密通知，那些与妻子一起奋斗的峥嵘岁月，还有那些笑容和举国同欢的画面吧……

大漠戈壁震苍穹，呕心沥血至命终。

瓷语生辉

英名永载史册上,世代称颂不朽功。

(指导老师:李晓愈)

《林俊德》/ 陈建评

陈建评
国家一级(高级)技师、泉州市工艺美术大师。

问 瓷

欧阳何蕊

一抹白，晶莹剔透，映入眼帘。灯光下，泛出玉脂般的柔光。

看到他的那一瞬，我不禁凝神屏息。看那雪白的面庞，仿若摸上去能有肌肤的触感；看那精致的五官，威严肃穆中又透露着对人的悲悯；看那恬适自在的坐姿，端庄又不失温柔。他坐在一片荷叶上，俯视过去、现在和未来，清净无染、光明自在。

若瓷能说话，那我一定要问一问：是哪双巧手把你从泥土雕琢成这样一尊栩栩如生的神像？那灰褐色的不起眼的泥土要经过多少道工序才能完成从尘到瓷的蜕变？刀的切磨、火的淬炼，这个过程又倾注了雕刻之人多少心血，才凝聚成你的灵魂？

若瓷能说话，那我一定要问一问：你神情中的那一丝悲悯是为了谁？是看尽了这世间的悲苦？是听遍了这尘世的哀求？还是怜悯无法挣脱欲望的俗人？

若瓷能说话，那我一定要问一问：据说你有三千化身，时而为男时而为女；时而手持杨柳，消灾除厄；时而身着白衣，普度众生；时而乘莲趺坐，随波漂荡。无论是哪个你，人们皆视你为慈悲与智慧的化身，救苦救难的神祇。若我们虔诚祈祷，你是否能给予我们慰藉与指引、平安与喜乐？

他不肯回答，他无须回答！观音，听世间的声音。他是万千信徒发自内心的渴望，渴望有人能洞悉所有众生的苦难与呼声，随时能解救他们；他是万千信仰者和无信仰者的一面镜子，照出对他人的关爱和无条件的包容。他只需静静坐在荷叶上，低垂眉眼，每一个望向他的人，自然能寻求到内心的宁静；每一个心有所求的人，都能在他舒展的眉眼中关照到自己，然后，人们就能明白，能拯救自己的永远只有自己。

（指导老师：何娴）

《坐荷观音》/赖瑞攀

赖瑞攀

  国家一级（高级）技师、高级工艺美术大师、全国陶瓷行业技术能手、福建省青年岗位能手、福建省工艺美术大师、福建省陶瓷艺术大师、泉州市高层次人才、国家非物质文化遗产项目德化瓷烧制技艺代表性传承人、德化县技术能手、浩家蕴陶瓷研究所创始人。

瓷梦·国韵含香

陈思彤

  作为一名陶瓷制作者，我早已领略过万千美好事物，但仍然向往并不断寻觅着这世上最高雅的事物。不知是日有所思、夜有所梦的缘故还是怎的，最近梦中总是出现一名素衣女子，她那清幽淡雅的姿态令我痴迷，心向往之却难以触碰。

  一天夜里，我独自前往一座小城去寻找一尊陶瓷。据传，这尊陶瓷乃是明朝时一位大师的一尊巨作，不过，还有人说，这尊陶瓷或许与我要寻找的高雅事物有着密切的关系。

  小城还保留着日出而作、日入而息的传统生活方式，到了夜里总是一片漆黑。独自一人走在幽闭的小巷里，四下乌黑一片，难以辨别路径，寻找陶瓷的进展还不见盼头，一股无助的烦恼涌上了我的心头。恍惚间，我感受到了一丝温暖，仿佛有一束光线照射在我身上，我猛地一回头，是她——我梦境中的素衣女子。此刻的她就如同太阳般向外辐射着温暖，那姣好的面容和高雅的气质仿佛钩爪般牢牢地勾住了我的魂魄，我情难自禁地向她缓缓走去。

  似乎是看出了我的痴迷，她竟对我浅浅一笑，衣袖轻拂，转身往那幽深的巷子里走去。我心里窃喜，踏破铁鞋无觅处，原来这世间最高洁之事物正在眼前，何不随她前往呢？于是乎我便默默地跟在了她的身后。

  正当我细致地观察女子那婀娜的背影时，她突然拐进了一个园子里消失不见了。我忙冲上前去追赶，却发现哪还有那女子的身影，只留下我一个人站在这园子里。

  不过，这个园子似乎也拥有着奇妙的魔力，不然怎能使它在深夜里依然如白昼般亮堂。看着园内一片祥和温馨的景象，再看看园外不见十指的阴森，我选择了走进前者。

  这似乎是一处梅园，园子内弥漫着一股淡淡的气息，朵朵白梅在枝头绽开，如片片白雪，洁白无瑕，可远观而不可亵玩焉。

再往里走，空气中的梅花香变得愈加浓郁，眼前的光亮也变得更加柔和温暖。

刹那间，一颗枝干粗壮的梅树闯入我的视线。即使是最普通的人也能一眼便看出这棵树与平常的树不同。那株梅树，伸腰立枝，像一座高耸入云的宝塔，既挺拔又茂盛，连每一根枝茎都显得那么气宇轩昂。再瞧那点点梅花，白里透黄，黄里透绿，花瓣润泽透明，如琥珀或玉石雕琢而成般晶莹剔透。缕缕西风荡漾，一夜冰凌霜结，梅花枝头上探出冰清玉洁，剔透着珠光宝气，宛若玉女亭立。

不过转眼间，这棵巨大的古树竟直接幻身成了我魂牵梦萦的女子。

只见那个女子生得，明眸皓齿，就如"俏丽若三春之桃，清素若九秋之菊"所说般清素美丽，又如"宝髻松松挽就，铅华淡淡妆成"般略施粉黛却美得别具一格，却叹"绝代有佳人，幽居在空谷"，世人未能见此等佳人。不过奇异的是，佳人的下衬却不似一般的裙摆，就如同树桩般深深扎根于这片土地，几缕梅枝也顺势爬上裙摆。

望着佳人浅笑嫣然，我好奇为何女子会突然出现，便主动开启了话题……

一问方知，原来梦境中身处困境、出现佳人时，佳人相救，这一切并不只是巧合。

数年前，我还只是个青年。因为家里实在揭不开锅，父亲只好下定决心砍伐那棵祖父栽种的梅树，毕竟我们只是个农夫之家，很难去欣赏梅花这类高洁的艺术品，只晓得贩卖木材用来换钱买米，解我们的燃眉之急。但饱读诗书的我却认为梅树也是一个生灵，不能因为我们家的贫困便让其他生灵付出代价，更何况这是祖父留给我们的宝贵财产，怎能草草砍去？我不由分说地主动站出来反抗砍倒梅树，梅树最终保住了，但怒不可遏的父亲却对我提出了许多严苛的要求。不过，这一点代价对于当时饱读诗书尤其爱写梅清高冷艳的诗词的我，又何妨呢？

本是无心之举，怎料梅树不忘我的一时善意，主动帮助我寻觅并拯救我于困境之中。真是妙绝，如此清幽淡雅的外表再加上不忘旧恩的善心，这不正是我一直寻觅的至高雅的事物吗？

气氛一片祥和，只可惜我刚想上前道谢，她却轻挑蛾眉，淡淡一笑，再一瞬，竟当着我的面缓缓飞升上天。我心里百感交集，不敢相信这究竟是南柯一梦，还是真实发生在我身上的事情。

时间一点一滴地流逝，我轻轻地擦拭眼角因为过于激动而流下的眼泪，虔诚地对着她飞去的地方拜了三拜，才转身离去。

从梅园里出来的时候，天已经蒙蒙亮了，我也顾不上那传说中的名瓷了，只是在脑海中不停地回想她那宁静美好的样子，并马不停蹄地搭最快的一班飞机直奔自己的工作室，将那深深刻在我心里的模样用陶瓷生动地雕刻了出来。

这尊陶瓷现在就放在我的工作室里最明显的位置，也许没法刻画出她的形象，但足够时刻激励着我要向善向美，不因善小而不为。

赠人玫瑰，手有余香，是她教会我最宝贵的道理，这也正是我一直在寻找的最高雅的事物。

（指导老师：郑素萍）

林厚堂

林厚堂
　　一级（高级）技师、闽派雕刻艺术大师、福建省雕塑大师、福建省陶瓷艺术大师、福建省工艺美术名人、泉州市非物质文化遗产项目德化瓷烧制技艺代表性传承人、高级工艺美术师，德化县慷盛陶瓷雕塑研究所艺术总监。

牡丹执迷

林茹芳

　　牡丹花开，姹紫嫣红，人头攒动，摩肩接踵。尽管洛阳牡丹甲天下，花开时节动京城，年方二十岁的她却是头回出闺门赏到这般美景。惊诧欣喜之余，又不得不感叹自己终究是错过了多少明媚的春光。可惜闺中的戒律对于她来说已是恒定不变的信条，而从这压抑的缝隙中泻下来的春光，唤醒了她潜藏许久的、对世间繁华的渴盼。

　　奈何之下，少女只能返回闺房，可这一切被看守一旁的道姑发现，道姑对其甚是怜悯，不过也只能感同身受，无力伸出援助之手。恍然间，道姑望向了一旁的牡丹瓷。

　　趁家中无人，少女又来到了后花园，这回的牡丹更是瑰丽绚烂，周围花瓣翩舞，春意盎然。她深深地沉醉于美好的氛围之中，完全忘却了种种教条，仿佛挣脱束缚的小鸟，她的思绪在花香中蔓延，那些清规戒律在此刻都化为了无影无踪的尘埃，只留下一片广阔的天空任她翱翔。

　　正当此时，一位道姑从林中走出，笑盈盈地说道："此地乃梦中之境。"

　　少女大惊，问道："汝何人？此是何处？"

　　道姑解释道："吾乃梦境之灵，请随我来，与子同赏牡丹花。"

　　少女闻言，心生好奇。她跟随道姑在花园中游走，见到了五彩斑斓的牡丹花，一片片花海在微风中摇曳，还散发着迷人的香气，眼前的场景成为她心中难以忘怀的一帧。

　　"不到园林，怎知春色如许！"她叹息道。

　　"若夫汝，才情兼备，文雅端庄，甚矣，闺中之戒严矣，汝难以赏世间之盛景。吾冀汝能记此梦境之游，逾礼教之藩篱，以己目睹世，勇毅绝不辍。"道姑说完，便转身离去，只留下少女愣在原地。

　　窗外的月光透过纱窗洒在床前，梦醒了。

　　她坐起身来，醒来后仍是沉闷的闺房，她的心思却还在梦里萦回，好在一阵敲门声把她拉了回来。

"隔壁的道姑托我以此,并信条以……"未等对方话说完,她早被眼前艳丽的牡丹瓷深深吸引,瓷盘上的牡丹好像比梦境中的更美艳,永不凋谢的牡丹,似乎能把梦里转眼即逝的春光变为永恒。观赏许久,才发现一旁的信条:

> 姹紫嫣红花开遍,都付与断井残垣。
> 鲜妍明媚艳如春,苦心孤诣无人赏。
> 国色天香世所崇,当惜自华心无疆。
> 淡看云卷待日长,展翅高飞韵悠扬。

初读时恍惚中想起梦里道姑所留下的话,再读才发觉自己的青春韶华也与这春光一样,美丽动人又短暂脆弱,本该明媚的青春却只能终日在闺房中郁郁寡欢地度过,也许走出牢笼才是正确的选择。

从此以后,她将牡丹瓷置于床头,时刻铭记这场梦境。而道姑的寄托也会陪着她度过一个个春夏秋冬。

(指导老师:林志坚)

《国色天香》/许丽枝

许丽枝
　　福建省工艺美术名人、泉州市工艺美术大师。

后　记

《瓷语生辉》是德化一中办学特色枝头开出的一朵灿烂的花，是陶瓷艺术与校园文学融合发展的持续尝试取得的成绩。它或许微不足道，但是，我们一路跋涉，艰难探索，并承蒙多方支持，才有了本书的面世。它在我们心里弥足珍贵。

学校所在地德化县，是中国三大古瓷都之一，陶瓷历史悠久，陶瓷文化底蕴浓厚。2015 年，德化被联合国教科文组织世界手工理事会评选为"世界陶瓷之都"。这里，陶瓷艺术大师云集，陶瓷博物馆、艺术馆林立，在校学生的家庭成员多从事与瓷有关的职业。他们从小耳濡目染，深受陶瓷氛围的熏陶，因而学校以"陶瓷艺术"作为办学特色，条件可谓得天独厚。早在 1935 年，学校就创办了陶瓷职业班；1948 年，学校附设初级实用简易陶瓷职业科，学校教育教学与生产劳动实践相结合。2018 年，学校以创建福建省示范高中为契机，完善校本课程体系，延续办学传统，聘请林建胜、郑炯鑫、张南章等 10 多位国家级、省级陶瓷艺术大师或者陶瓷艺术方面的专家担任陶瓷艺术相关课程的特聘教师。校园文学是学校办学的又一亮点，1993 年，学生自主成立的野草叶文学社，也已经走过 30 多年的历程，成绩斐然，影响广泛。福建师范大学文学院教授孙绍振，厦门大学中文系教授林兴宅，闽派语文的代表人物、福建省杰出人民教师陈日亮等多次莅临学校作文学创作和欣赏专题讲座，提升学生们的文学素养。陶瓷艺术与校园文学花开两朵，各自茁壮成长，各自都有相关的课题研究和实验成果。在凸显办学特色的不断探索中，我们发现文与瓷在美的解读和表达上有诸多相通之处，"文化让泥巴有了灵魂"，以文入瓷，瓷的文化底蕴更为丰盈；而瓷让学生创作有了更为多样的客体，以瓷入文，别具风采。我们深深期待瓷文共舞，实现特色办学一加一大于二的效果。

于是，我们大胆尝试，小心求证，结果确实让人喜出望外。2021 年，学校语文组教师开始组织学生到大师们的陶瓷展馆进行写作采风。大师们匠心雕琢的艺术珍品，经过了烈火的煅烧，凝聚着生活的打磨，记载着时光的演绎。栩栩如生、千姿百态是不同的灵感在碰撞，色彩斑斓是多种风格的交汇。学生们以瓷为题进行创作时，思接千载，心游万仞，想象力和创造力的闸门一旦被打开，表达的愿望就不可阻挡，学生文思泉涌。于是，学校自己编辑的学生作品集《瓷语》应运而生。其刊印后，得到了陶瓷艺术大师、教育界领导和专家的高度赞赏，有些大师还把学生的诗文装裱起来，悬挂在陶瓷展厅里，展示年轻人对瓷的诗意理解。这无疑给了我们极大的鼓舞，于是，2023年又有了《瓷语》（二）。

本书收录的文章，既有从《瓷语》和《瓷语》（二）精挑细选的部分文稿，还有师生们继续采写的一些新的篇章。瓷语有声，诉说着学生挣脱功利化、模式化的束缚，展现鲜活的青春底色；瓷语有色，描绘着家乡文化品牌宣传的蓝图。瓷语以学生独特的声音和色彩，为本地社会经济发展贡献着自己的创意；瓷语有梦，每个德化一中的学子，将来不管身在何方，从事什么工作，都能情系家乡，拥有一份沉甸甸的陶瓷文化自信。所以，《瓷语生辉》的命名，一是文与瓷交相辉映，期待最终美美与共；二是以瓷语讲述我们办学特色的梦想。

书稿即将付梓，在此，我由衷地感谢我校1998届校友叶振淼、郑明凤伉俪对我们出版该书的慷慨资助；感谢知名诗人徐南鹏校友，百忙之中审阅书稿，并欣然为该书作序；感谢全国中学生校园诗会创始人、苏州十中原校长、特级教师柳袁照，他于2023年12月1日到我校开设"诗性教育"相关讲座，并给予"瓷语"系列大加赞赏、鼓励支持。2023年12月8日，我和锦凤老师、爱梅老师以及四位同学赴海南陵水参加第十二届全国中学生校园诗会，锦凤老师的原创诗歌《瓷海恋歌》搬上展诵舞台，展示了瓷文之美，现场观众反应热烈，我们更是获得了第十三届诗会的承办权，这一切都离不开柳校长的鼓励、推荐。此次，他又爽快答应为该书撰写序言。同时，也感谢学校全体语文教师和本书编委会成员孜孜不倦地辛勤付出。

本书所选学生的作品尽量保持原汁原味，因为青春的吟唱难免略显稚嫩，青春的语言在华美中少了一份厚重。但我们的这次尝试，作为一种新的呈现形式，也许能给探索特色办学的学校微薄的借鉴。如有疏漏、谬误，欢迎各位读者指正。

就像柳袁照先生说的，我们"要把这件有意义、有价值的事，长期坚持下去"。《瓷语生辉》只是一个新的起点，我们真诚地希望，这一朵璀璨的瓷文融合之花，将来能绽放枝头，辉映春天。

徐建新

2024 年 3 月